Quando meu pai saiu de casa

EDUARDO GARRAFA

Ilustrador: RÓBSON ARAÚJO

editora ática

O texto ficcional desta obra é o mesmo da edição anterior

Quando meu pai saiu de casa

DIRETOR EDITORIAL · Fernando Paixão
EDITORA · Gabriela Dias
EDITORES ASSISTENTES · Fabio Weintraub e Fabricio Waltrick
APOIO DE REDAÇÃO · Pólen Editorial
PREPARADORA · Maria Sylvia Corrêa
COORDENADORA DE REVISÃO · Ivany Picasso Batista
REVISORAS · Alessandra Miranda de Sá, Denise Trevisan de Góes, Olivia Frade Zambone

ARTE
PROJETO GRÁFICO E CAPA · Tecnopop
EDITORA · Cintia Maria da Silva
DIAGRAMADORA · Ana Paula Fujita
EDITORAÇÃO ELETRÔNICA · Estúdio O.L.M. e Exata

CIP-BRASIL. CATALOGAÇÃO NA FONTE
SINDICATO NACIONAL DOS EDITORES DE LIVROS · RJ

2.ed.
G224q

Garrafa, Eduardo, 1959-
Quando meu pai saiu de casa / Eduardo Garrafa ; ilustrações Róbson Araújo. - 2. ed. - São Paulo : Ática, 2007
176p. ; il. - (Sinal Aberto)

Contém suplemento de leitura
Inclui apêndice e bibliografia
ISBN 978-85-08-10682-0

1. Filhos de pais separados - Literatura infantojuvenil. 2. Separação (Psicologia)- Literatura infantojuvenil. I. Araújo, Róbson Alves de. II. Título. III. Série.

06-3347. CDD 028.5
CDU 087.5

ISBN 978 85 08 10682-0 (aluno)
CAE: 212840
CL:735403

2025
2ª edição, 5ª impressão
Impressão e acabamento: Vox Gráfica / op 286542

Av. das Nações Unidas, 7221 – CEP 05425-902 – São Paulo, SP
Atendimento ao cliente: 4003-3061 – atendimento@aticascipione.com.br
www.coletivoleitor.com.br

Os descaminhos do coração

Um matemático francês do século XVII, Blaise Pascal, já dizia que "**o coração tem razões** que a própria Razão desconhece". Essas razões além da Razão costumam ser motivo de grande angústia para quem tenta medir com régua e compasso os altos e baixos dos relacionamentos afetivos. Para essas pessoas, é tudo "preto no branco" e ponto final. Assim é Gabriela: não perdoa o "vacilo" de seu pai. Como é que um médico respeitável, com mais de 40 anos, pôde **abandonar a esposa e os filhos** para reencontrar uma antiga **paixão**?

Gabriela, porém, não imagina as **lições** que o destino reserva a quem é tão severo com a incoerência alheia... Ela vai descobrir que é possível estar confusa, desejar coisas incompatíveis, **pensar uma coisa e fazer outra**. Depois da revolta inicial, vai perceber ainda que a nova namorada do seu pai não é a megera que esperava, sua mãe é menos ingênua do que supunha e ela mesma, em matéria de amor, já não tem certeza de nada...

Isso porque a chegada de João Guilherme, **um amigo de infância**, abala seu pacífico namoro com Rodrigo. Como atirar a primeira pedra se ela mesma já não se acha tão **inocente**? Por sorte, Gabriela conta com os sábios conselhos de Ana Lúcia, sua melhor amiga, com o afeto de seu pai — surpreendentemente mais próximo dos filhos após ter saído de casa — e com a sensatez de sua mãe, que sabe **esperar**, pois vê no tempo um aliado.

Gabriela tem um **longo trajeto a percorrer** e muita coisa a descobrir sobre os atalhos do coração. É sobre tudo isso e muito mais que o autor do livro, Eduardo Garrafa, fala na entrevista ao fim do livro.

Não perca!

- *A história de uma jovem com dificuldades para entender a separação dos pais.*
- *Todos os estágios de uma mudança radical em uma família que, apesar de tudo, se ama muito.*

Sumário

1

Um problema sério

Sempre me disseram que separação de casais é uma coisa comum. Não era raro ver isso acontecer com amigos. A questão é ter jamais imaginado que isso pudesse acontecer bem debaixo do meu nariz, porque ninguém diria que meu pai ou minha mãe seriam capazes de tomar essa decisão.

Não sei dizer se tudo aconteceu rápido ou devagar. Entre meu pai sair de casa e eu estar contando estes fatos, se passou pouco mais de um ano. Algumas vezes parece que foi uma eternidade. Outras, principalmente quando percebo quanto mudamos, nem tanto.

Poucas semanas depois do meu aniversário de catorze anos e alguns dias após o Carnaval, encontrei minha mãe aflita quando voltei para casa.

— Seu pai não dormiu em casa esta noite.

Fiquei admirada com o que ouvi. Olhei muito tempo fundo em seus olhos. Percebi que ela lutava para disfarçar a angústia após uma noite sem dormir.

Minha mãe se chama Ingrid. É uma mulher bonita e de traços delicados, que chegam a lembrar uma dançarina espanhola. Tem olhos e cabelos castanhos como todos nós. Eu daria tudo para que meus cabelos fossem iguais aos dela e para ter a sua elegância. Além disso, ela tem um corpo esguio e não precisa fazer o mínimo esforço para manter a forma. Ela é filha de um espanhol — o vô Aurélio, homem alegre e cheio de energia, de quem ela herdou o porte gracioso — e de uma filha de alemães, a vó Alberta, mulher bonita, mas muito severa.

— Como assim, não dormiu em casa? O que deu na cabeça dele?

— Não sei, Gabriela! — respondeu ela, tentando ser natural. — Ele anda meio estranho, está abatido, chegando mais tarde que de costume. Acho que está doente e não quer me dizer. Eu insisti muito para que ele me contasse se havia algo errado, mas seu pai se irritou e disse que ficaria fora por alguns dias.

— Ah, então... ele foi viajar?

— Não sei, filha. Ele pediu para que não o procurássemos, mas... mas ele parece estar com algum problema sério. É por isso que estou preocupada.

Meu pai é um cardiologista famoso e tem um bom consultório no centro de Campinas, esta cidade que eu adoro. Tive vontade de ir lá falar com ele. Minha mãe, no entanto, me proibiu, dizendo que ele havia ligado para acalmá-la e dizer que ainda não estava bem e que precisava ficar sozinho um pouco mais.

— Ele confirmou que está com um problema sério — justificou ela. — Mas ele insiste para que não o procuremos.

Eu bravejei, mas obedeci minha mãe, que nos pediu para respeitá-lo. E ficamos tentando imaginar o que poderia ser aquele problema sério. Uma doença, uma dívida ou mesmo uma questão judicial. E nossa aflição foi crescendo.

Entretanto, paciência tem limite. Meu pai ficou três eternos dias sem aparecer, deixando a nós três — minha mãe, meu irmão e eu — muito preocupados. No fim da tarde do terceiro dia, inconformada, eu não aguentei mais e liguei para o consultório, sem saber sequer se ele estava trabalhando. Mal acreditei quando ele mesmo me atendeu.

— É o doutor Newton?

— Sim, é ele. Quem fala?

— Quem você acha que está falando?

Achei incrível que ele não tivesse reconhecido minha voz. Não lhe dei tempo para nada, parti para o ataque.

— Pai, o que tá rolando? Que problema tão grave é esse que te fez sair de c...

— É você, Gabriela? — interrompeu ele, assustado. — Ah, filha, eu pedi para que nenhum de vocês me ligasse. Por favor, não complique as coisas!

— Eu, complicar as coisas? Isso é brincadeira, cara? Nós três estamos preocupados com você. Você sai de casa, some sem dar explicações, e agora vem dizer que sou eu quem complica? E o que nós estamos passando, não conta?

Naquela época eu havia acabado de fazer catorze anos. Ou seja, ainda tinha muito que amadurecer. Vivia em atrito com meu pai porque ele nunca tinha sido aquele paizão presente, como eu imaginava que os pais de meus amigos eram. Sempre tive alguma mágoa por ter um pai que não ligava tanto para mim como eu gostaria. Se naquela época me perguntassem se eu amava meu pai, com certeza eu diria não.

Nossa relação era esquisita, não havia jeito de sermos cuidadosos um com o outro. E, para piorar, eu tinha muito ciúme de meu irmão, a quem ele tratava melhor — pelo menos pensava assim. Enfim, ele estava longe de ser o pai que eu sonhava ter.

Minha mãe me deixava injuriada quando dizia que era difícil para um homem ser um médico tão competente e ao mesmo tempo ser o paizão que eu vivia reclamando. E que eu precisava entender isso. Minha imaturidade me impedia de compreender esse detalhe.

Naquela tarde, fiquei quase meia hora ao telefone, discutindo com ele, querendo saber o que estava acontecendo. Como em muitas discussões que tínhamos naquela época, cheguei a jogar minhas frustrações em sua cara. Até que resolvi apelar.

— Você acha que sou idiota? A quem você quer enganar?

Não medi as palavras quando disse aquilo. Se soubesse que aquela última frase o desmontaria, eu a teria dito assim que ele atendeu o telefone. Meu pai bufou e disse para que eu me acalmasse. Que iria nos ver.

2

O que deu na cabeça do meu pai?

Ele apareceu uma hora mais tarde. Estava inseguro e amedrontado, como se fosse uma criança temendo uma bronca. Minha mãe deu-lhe um sorriso sincero de quem estava aliviada por vê-lo. Eu não abri a boca, querendo ver como ele agia. Só o Luciano, o bobão do meu irmão, que na época tinha doze anos e sempre fora muito ligado a meu pai, correu para dar-lhe um abraço bem apertado, o que me deixou louca da vida. Depois, ele deu um beijo tímido na minha testa. E pediu para que eu e o Luciano deixássemos os dois a sós.

— Ah, não, fala sério! — exclamei, inconformada. — Eu quero conversar, ainda não sacou? Ou você tá fugindo de mim?

É necessário dizer que eu nunca fui boazinha. Desde bebê, sou geniosa. Bonitinha, mas geniosa, segundo a chata da vó Berta, com quem eu implicava desde pequena. Ao ouvir meu protesto inflamado, o pai inseguro transformou-se num homem furioso. Ao telefone ele me aguentou por meia hora. Ali à minha frente, bastaram poucos segundos para ele explodir e me enfrentar.

— Gabriela, fique quieta — berrou ele enérgico, me encarando —, e nos deixe em paz! Eu tenho que conversar a sós com sua mãe, e você vai sair daqui agora.

Não costumo ter medo de cara feia, mas daquela vez recuei. Aquela foi talvez a primeira vez que ele me tratou de forma mais firme.

Foi só neste instante que minha mãe desconfiou do que estava para acontecer. Ela mesma pediu para que eu e meu irmão saíssemos. O Luciano me puxou para seu quarto. Só me restou conversar com ele, saber se estava chateado.

— Claro que estou chateado.

— Então por que você foi alisar o cara? Você devia jogar duro, que nem eu!

— Estou com medo, você não sacou? Quero saber por que ele está querendo se separar da mamãe.

Eu tremi. Até ali eu havia evitado de todas as formas pensar a respeito daquela possibilidade. No entanto, o panaca do meu irmão já tinha percebido.

— Separar? — gaguejei. — Como é que você sabe que ele quer se separar?

— Por que então você acha que ele está dormindo fora?

Eu nunca havia me dado bem com o Luciano. Sempre achei meu irmão um garoto bobo, comportadinho demais para meu gosto, o perfeito babaca. Ouvir aquele comentário foi o primeiro sinal de que eu precisava rever meu ciúme e levá-lo mais a sério.

Naquele instante, me deu medo de pensar numa separação. Perdemos a noção do tempo. Ficamos ali mais de duas horas, vendo televisão. Não ousamos ouvir o que discutiam na sala. Até que meu pai abriu a porta e disse, quase não se aguentando de ansiedade, que estava indo embora.

— Embora? — reclamou meu irmão, à beira do choro. — Então... você não vai mais morar com a gente? O que tá acontecendo, pai?

— Eu prometo que assim que der, a gente conversa — garantiu ele, com a voz trêmula, aflito para ir embora.

— Ah, pai, mas eu q...

— Hoje não, Gabriela — ele me deteve, firme, mas sem agressividade. — Outro dia, quando você estiver menos exaltada, e eu estiver melhor.

— Mas o que tá acontecendo? Você disse que estava com um problema e...

— Eu não estou legal para conversar — balbuciou ele, claramente se esquivando.

— Você está doente ou é outra coisa?

— Não, não estou doente — e então ele desconversou. — Olhem aqui, vocês dois: por favor, tentem se acalmar e colaborem com sua mãe.

— Ah, mas isso é muito fácil. Você puxa o carro e a gente tem que segurar as pontas? Você está sendo muito egoísta, tá ligado?

— Gabriela — finalizou ele —, eu não vou discutir com você!

Mesmo abalados, nós somente o seguimos. Ele nos deu um abraço e um beijo — com muita afetividade, tenho que reconhecer —, e disse que nos veria no dia seguinte, quando voltaria para pegar suas coisas.

Assim que ele saiu, eu me sentei ao lado de minha mãe, que parecia perplexa. Enquanto o Luciano voltava para seu quarto, certamente para chorar, perguntei a ela o que estava acontecendo.

— Ele quer se separar de mim — confirmou ela sem rodeios, mas com sofrimento.

— Separar? — espantei-me. — Como assim?

Ela deu de ombros, como se não soubesse o que dizer.

— Mas mãe, vocês pareciam tão bem, eu nunca vi vocês brigarem, discutirem, ou...

Foi marcante o gesto que minha mãe fez, erguendo as sobrancelhas. Eu a conheço bem e sei quando ela quer dar a entender algo que não quer dizer. Refleti por alguns segundos até me dar conta do que ela queria insinuar.

— Você está querendo me dizer que ele está saindo... por causa de outra?

Ela pediu para que eu poupasse meu irmão. Mas eu quase explodi de raiva.

— Aquele calhorda se enrolou com outra e você fica aí parada?

— Calma filha, não é bem isso! É que...

— Como não é bem isso? Foi por causa de outra ou não?

Havia sido mesmo por causa de outra mulher. Vi que minha mãe sofria, mas ao mesmo tempo parecia encontrar um autocontrole que eu achava ser falso.

— Olha, minha filha, eu não sei se devo contar esta história. Aliás, é seu pai quem devia falar disso.

— Mãe, nós nunca tivemos segredos — chantageei.

Ela refletiu por um bom tempo. Depois olhou para cima, certificando-se de que o quarto de Luciano estivesse fechado.

— Seu pai teve uma namorada na adolescência, um caso muito malresolvido. Eles chegaram a ficar noivos, depois acabaram rompendo. Ficaram quase vinte anos sem se ver, até que acabaram se encontrando sem querer algumas semanas atrás.

— Sem querer? — interrompi com ironia. — Isso acontece logo depois do Carnaval e você quer que eu acredite que foi sem querer?

— Foi o que ele me disse — respondeu ela. — Eu não notei nada de estranho durante o Carnaval, e você sabe que ficamos juntos aqui em casa.

— E o que mais ele disse?

— Disse que aquela ex-namorada apareceu, contou de sua vida, que tinha se separado, que estava sozinha e... Bom, isso perturbou o Newton.

Como eu poderia ficar tranquila ao ouvir aquele absurdo? Saber que meu pai nos abandonava por uma mulher que já devia fazer parte do passado?

— Quer dizer que aquele sem-vergonha está nos deixando por causa de uma simples namorada? E você, sua covarde, não faz nada, não argumenta, aceita numa boa?

— Gabriela — reclamou ela ofendida —, não se atreva a perder o respeito!

— Ele que venha me falar de responsabilidade — prosseguí sem me intimidar. — Escuta aqui, mãe, e seu orgulho próprio? Você aceita isso numa boa? Você não brigou, não tentou mostrar o absurdo que ele está fazendo?

— Por favor, eu ainda não assimilei essa história! Nós discutimos muito, e ele quase teve uma crise nervosa. Ele pediu pelo amor de Deus para que eu parasse.

— E você parou? Mãe, fala sério! Você devia era dar um murro nele!

— Você não está no lugar dele. Conheço seu pai há muito tempo, e nunca o vi sofrendo tanto. Ele não está se aguentando de angústia!

— Mas e você? Seu sofrimento não conta? Você estava preocupada, achando que ele estava doente. Agora você descobriu que ele está indo embora, atrás de uma qualquer que perdeu o marido e deve estar querendo mamar em outro idiota!

— O que você quer que eu faça? — irritou-se ela. — Isso é algo que eu não posso impedir. O Newton é um homem complicado, sempre foi, e...

— E você está aceitando a história dele muito fácil! — insisti com firmeza, sentindo que ela precisava ser encorajada.

Só então me dei conta do meu egoísmo. Percebi que ela estava fragilizada. Pressioná-la só a faria sentir-se pior. Preferi não dizer mais nada. Eu estava tonta e cansada. E, por incrível que pudesse parecer, com fome.

— A janta vai ser pizza de novo?

— Não — respondeu ela, achando graça. — Vamos comer fora. Nós precisamos espairecer um pouco. Ver gente. Aliviar o desespero. Nós três!

Como se isso fosse possível nessas circunstâncias.

3

O momento mais difícil

Na tarde seguinte, meu pai apareceu para pegar suas coisas. Estava tenso e constrangido. Não deixei que ele me beijasse. Ele ficou chateado e subiu. Foi um momento muito duro, e até hoje ele lamenta que eu e o Luciano estivéssemos ali para presenciar. Minha mãe ficou o tempo todo com ele no quarto, vendo-o arrumar sua mala, enquanto eu permanecia no corredor, ouvindo a conversa. O Luciano preferiu ficar sentado na sala, sem acreditar no que acontecia.

— Você está fazendo com que eu me sinta pior ainda — reclamou meu pai a certa altura.

Eu não via a cena, mas minha mãe depois contou que meu pai se atrapalhava para ajeitar suas coisas na mala, enquanto ela, talvez com um toque de provocação, acomodava as peças com capricho.

— Prefiro que você bata em mim a fazer isso.

— Como é que você acha que estou me sentindo? — indagou ela, ríspida.

— Olha, nós já convers...

— Nós não conversamos tudo que precisamos! — interrompeu ela firme, chegando a assustá-lo. — Você está sendo egoísta e imaturo! Mais do que nunca.

— Você sabia que eu era imaturo quando se casou comigo — defendeu-se ele.

— Ah, como é conveniente se esconder atrás de seus defeitos! Não consigo entender como você pode fraquejar deste jeito. Não passa por sua cabeça que você pode estar se iludindo? Você precisa refletir sobre isso e outras coisas. Nós nunca discutimos nossa relação e...

— Não — retrucou ele firme —, você é que nunca quis discutir nossa relação. Eu sempre tentei e você sempre se esquivou. Essa culpa você não vai jogar em mim!

— Admito minha culpa pelo marasmo de nosso casamento — retomou minha mãe, após um longo silêncio e um suspiro —, mas você está tomando uma posição muito cômoda. Será que a Sandra é tudo isso com que você está sonhando?

Meu pai se deteve por um instante. Dei dois passos e vi que ele estava apoiado na parede, olhando para as nuvens.

— Como é que eu vou saber? — indagou ele, finalmente.

— Se você fosse mais dedicado à sua família e um pouco menos obcecado pela medicina, você haveria de saber. Sua família não precisa de uma casa elegante num bairro nobre, nem de carros importados, restaurantes finos ou roupas de grife.

Saí do campo de visão deles e sorri comigo mesma. Jamais imaginei ouvir de minha mãe, materialista e aristocrata por essência, algo parecido.

— Ela precisa de você como homem presente. Lamento que você nos abandone num momento em que estava começando a entender esse detalhe.

Senti meu coração apertar naquele instante. Ainda que, segundo meu julgamento, ele nunca tivesse sido um bom pai, o que minha mãe acabava de dizer era verdade. Meu pai vinha mudando. A partir de meus treze anos ele vinha me dando mais atenção, e eu mesma começava a compreendê-lo melhor. Ele já significava um pouco mais para mim, mesmo que no fundo eu não o amasse.

Dias depois, minha mãe contou que meu pai relutou demais em dizer algo. Levou muito tempo para concatenar suas ideias e se recompor. Mas o que

ele disse a seguir foi um petardo. O golpe de misericórdia.

— É mais forte que eu, Ingrid! Por favor, tente compreender isso!

Minha mãe cerrou os olhos e lamentou. Ele mesmo terminou de arrumar sua mala. Depois olhou-a bem firme — esta cena eu vi de frente — e disse:

— Vocês três são muito importantes para mim. Mas eu preciso fazer isso. Já disse, é mais forte do que eu. Aceite você ou não.

Em absoluto silêncio, meu pai saiu de casa. Deixando uma mulher em prantos e dois adolescentes confusos, tentando consolá-la. Uma nova etapa de nossa vida começava ali.

4 Minha melhor amiga

Eu esperava ficar muito mal e até ter problemas na escola. Mas foi justamente lá que, logo nos primeiros dias, tive uma agradável surpresa: a solidariedade dos meus colegas. Vários deles viviam uma situação parecida com a minha. Tinham pais separados, ou que haviam se separado e acabaram por se entender, ou tinham alguém separado na família.

Quando contei a novidade, a maioria deles fez piada, sem serem cruéis ou insensíveis. Pelo contrário, poucas vezes me senti tão querida. Em dia nenhum eles me deixaram cair na tristeza. Sempre estávamos conversando.

— Seus pais se separam e agora estão se dando numa boa? — ouvi de uma amiga de longa data. — Ora essa, dê graças a Deus! Quando meus pais se separaram foi uma guerra! Minha mãe armou um escândalo, fez ameaças, eu e minhas irmãs ficamos mais de um ano sem ver meu pai!

— Os meus também! — concordou um outro colega. — Minha mãe chegou a se esconder comigo e com minha irmã fora de Campinas. Só aparecemos depois que meu pai ameaçou colocar a polícia atrás da gente e tomar nossa guarda. Até hoje ela faz chantagem e, pior, nos usa pra isso!

Vários outros colegas deram testemunhos parecidos, alguns dizendo que os pais se reconciliaram, outros que eram frustrados, e outros contando passagens cômicas. Todos, porém, me ajudaram a me situar. Ouvindo tanta gente dividindo seus dramas, acabei relaxando e me sentindo bastante consolada. Compreendi que teria muito que ouvir e aprender.

A psicóloga da escola também me chamou para uma conversa. Naquele momento de revolta e indignação, eu não estava estruturada para entender que ela queria meu bem. Eu a ouvi, pouco falei, e saí tão revoltada quanto entrei. Queria muito mais ouvir gente da minha idade do que algum adulto enxerido que se atrevia a me dizer como eu deveria agir.

Duas pessoas acabaram sendo muito importantes naquela fase (na verdade há mais uma pessoa, mas, sobre esta, eu conto depois): a Ana Lúcia, que mais do que nunca mostrou que era uma grande amiga; e o Rodrigo, meu namorado. Este, em particular, foi importante pelo lado negativo.

A Ana Lúcia é uma amiga de ouro, uma pessoa de grande valor. A pessoa com quem mais convivo. Ela é três meses mais nova que eu, um pouco mais baixa e mais magra, tem olhos castanhos, cabelos bem escuros e a pele mais clara que a minha. Mas o que mais a marca é seu jeito de garota esperta e danada.

Ela é de uma família de condição mais simples que a minha. Mora numa casa modesta de um bairro popular de Campinas. Entretanto, sei que uma família que mantém duas filhas — ela tem uma irmã mais nova — numa escola como a minha não pode ser pobre. Mesmo que seu tio-padrinho, que teve mais sorte na vida, ajudasse seu irmão a bancar a escola.

Seus pais são pessoas de muito valor. Um casal que trabalha com perseverança — dona Carmem é secretária em uma construtora e seu Francisco tem uma pequena loja no centro de Campinas, em sociedade com outras duas pessoas — e não escondem o orgulho de fazer vários sacrifícios pessoais para manter as filhas numa boa escola.

Demorou um pouco para que eu pudesse frequentar a casa da Ana Lúcia. Minha mãe custou a ceder, pois não acreditava que Ana Lúcia pudesse ser uma boa pessoa. Embora ela não admita abertamente, eu sei que minha mãe considera muito o nome da família de meus amigos, assim como sua condição financeira.

Quando conheceu a Ana Lúcia, minha mãe decidiu investigar sua família. Consultou algumas amigas, e acabou sabendo que um tio dela (não aquele que os ajudava) tinha uma ficha suja: havia dado um golpe numa empresa e acabou preso. Foi o bastante para que ela considerasse a Ana Lúcia uma má companhia. Mesmo que eu tentasse dizer que dona Carmem não tinha nada que ver com a bobagem que o irmão fizera.

Adorei a casa da Ana Lúcia desde a primeira vez que estive lá. É uma casa pequena, de dois quartos, sala, cozinha e um quintal, mas parece que cabe o mundo dentro dela. Está sempre cheia de luz e de vida. Tem cachorro, gato, coelho, peixe, tartaruga, canários e muita afetividade. Muito parecida com a casa dos meus avós paternos, Nelson e Maria Estela, também pessoas simples e maravilhosas. Um lugar que emana uma energia gostosa, onde sou bem recebida.

Sempre que sou convidada, eu vou dormir lá com a Ana Lúcia, a despeito do nariz torcido da minha mãe. Nos apertamos eu, ela e sua irmã naquele quarto simpático. Fazemos uma algazarra gostosa. Além de tudo, a comida da dona Carmem é uma delícia. Sempre que ela faz panqueca ou bife à *parmigiana,* me convida porque sabe que eu adoro.

O que me atraiu na Ana Lúcia a ponto de nos tornarmos tão amigas foi seu jeito cativante de ser feliz e não se importar com as vantagens que eu e outras garotas contávamos. Impressionou-me conhecer uma garota autêntica, sem repentes de inveja e que aceitava sem reclamar sua condição de vida.

Tornar-me amiga da Ana Lúcia marcou o começo da minha mudança de valores. Entendi que para preservar aquela grande amiga, eu precisaria rever um pouco meus conceitos. Dou muita atenção às suas críticas sobre minha mania de contar vantagem e es-

nobar. Hoje já estou bem melhor, mas quando nós começamos nossa amizade, eu era terrível para contar vantagem.

No começo, eu me incomodava com suas palavras aparentemente duras, que eu achava serem de inveja. Depois comecei a compreender que ela queria me ajudar a enxergar que eu acabava parecendo antipática com aquela conversa. Como bem diz o vô Nelson, um bom amigo é aquele que sabe como criticar.

A acolhida que a família da Ana Lúcia me deu quando soube da separação de meus pais foi comovente. Os pais dela foram muito sensíveis. Evitaram fazer qualquer crítica, deixaram que eu chorasse e souberam me consolar. Disseram palavras que foram fundamentais para que eu não caísse em depressão.

A Ana Lúcia percebeu que eu estava cheia de mágoa e ódio. Ela insistiu para que eu não alimentasse aqueles sentimentos.

— Por que você não procura seu pai e deixa que ele conte a versão dele? Será que ele é mesmo esse monstro que você pinta? Olha, você um dia pode se arrepender das coisas pesadas que está dizendo para ele.

— Vou me arrepender coisa nenhuma! — insistia eu na minha cegueira. — Quem ele pensa que é, fazendo esse papel de ordinário? Minha mãe não merece isso!

Minha amiga ouviu tudo com calma, sorriu, coçou a cabeça e disse uma coisa muito madura para uma menina de catorze anos.

— Você precisa entender que o doutor Newton é um médico famoso, mas não deixa de ser um homem como outro qualquer. Ele tem tanto direito de errar quanto você. Gabi, as pessoas são o que são. Não o que queremos que sejam.

Preciso admitir, ela é mais madura que eu. Suas notas são bem melhores, enquanto eu dou algum trabalho para passar de ano — a não ser em Redação e

Literatura, matérias em que eu me dou muito bem. Ela tem uma paciência enorme para estudar comigo. Mas é nas questões de relacionamento que ela mostra uma maturidade impressionante.

Naquele momento de mágoa e indignação, eu não tinha condições de entender o recado. Como boa amiga, ela se limitou a me consolar.

Já com o Rodrigo a questão foi bem diferente. Ele era um garoto que havia entrado na minha escola um ano antes para fazer o ensino médio. Na época em que meus pais se separaram ele tinha dezesseis anos, dois a mais que eu.

Era o tipo de garoto que me chamava a atenção: alto, esguio, mas com ombros largos, braços e pernas musculosos, cabelos castanhos bem ajeitados, olhos castanhos brilhantes e um sorriso que me desmontava. Era uma celebridade na escola, admirado por todos e, por isso mesmo, um dos garotos mais cobiçados. Várias meninas se desmanchavam por causa dele, mas eu acabei me dando melhor. Sem querer parecer convencida, tanto quanto ele eu também chamo a atenção.

Fazia quase um ano que mantínhamos um namoro gostoso. Em minha empolgação de primeiro namorado, eu achava que nos daríamos bem para sempre e que um dia nos casaríamos. Era natural que eu quisesse desabafar com alguém que vinha sendo tão importante em minha vida.

Eu o procurei, contei o que havia acontecido e pedi para que me ajudasse a enfrentar aquela barra. Contudo, a reação dele foi inesperada. Foi a primeira impressão que tive de que ele não era o namorado perfeito que eu imaginava.

— Caramba, teu pai pegou pesado, hein? — observou ele, dando uma risadinha de desdém, como se menosprezasse minha situação. — Se mandar por causa de outra mulher? Assim, sem mais nem menos? Sua mãe não merece isso.

— Eu disse isso pra ela.

— Não é à toa que você está "p" da vida com ele.

Ele então começou a falar de vários amigos que tinham pais separados. Uma história mais escabrosa que a outra. E foi aos poucos comparando cada um daqueles casos, alguns extremamente sórdidos, à atitude do meu pai.

Detestei aquela conversa. Esperava outra atitude do Rodrigo. Um abraço caloroso, uma palavra de consolo — como a família da Ana Lúcia fez — e muita compreensão. Bateu mal em meu coração a crítica dura sobre a atitude de meu pai. Foi muito curioso: tive a impressão de que só eu tinha o direito de criticar o doutor Newton. Sem entender bem por quê, fiquei magoada com o Rodrigo.

5

Eu e meu gênio

Quando meu pai saiu de casa, achei que ele sumiria de nossas vidas. Mas ele me surpreendeu. Nas semanas seguintes, ele apareceu para nos ver quase todos os dias e foi tolerante com minha revolta inicial. Não entendi sua mudança de comportamento. Antes de nos deixar, era comum passarmos dias sem trocarmos uma palavra. Depois da separação, ele pareceu ter percebido que tinha filhos.

Sofri mais que minha mãe que, em poucas semanas, pareceu conformar-se. Algumas pessoas mais próximas — meus avós, tios e alguns amigos, principalmente da faculdade onde ela dá aulas — apareceram para dar uma palavra de consolo, ver como estávamos. Insistiam para que ela contasse o que havia acontecido. Minha mãe dizia somente que meu pai estava confuso, que ela estava reagindo bem e que todos precisavam respeitá-lo. E também dizia que todos deveriam se preocupar mais comigo e com o Luciano.

Eu tentava entender o que se passava comigo. Eu, que nunca havia sido muito ligada ao meu pai, não compreendia por que não festejava o fato de ele ter dado o fora e continuar a suprir nossas necessidades. A sensação de abandono era muito grande. E isso acabou por me aproximar do meu irmão.

Até a separação, eu implicava muito com o Luciano. No fundo, sentia ciúme dele, que sabia como conquistar meu pai. Luciano sempre foi muito ligado a ele. Talvez tenha sido por isso mesmo que nas duas primeiras semanas ele fez tanta chantagem emocional: chorava quando meu pai ia embora, fingia passar mal, dizia o tempo todo que sentia falta dele, parecia um bebê. Meu pai percebeu sua depressão e agiu rápido. Apareceu numa noite para uma conversa mais séria.

— Filho, eu estou preocupado com você. — Luciano não disse nada, até pareceu gostar do que ouviu. — Você, que estava encarando bem este início de adolescência, está regredindo. Está agindo como uma criança frágil e desprotegida. Eu vou te levar amanhã para conversar com um amigo.

— Um amigo? — perguntou Luciano, agora ressabiado. — Que amigo?

— Um psicólogo. Alguém que vai saber te ouvir e dizer coisas que vão te ajudar.

Luciano resistiu por um momento, pareceu ficar assustado.

— Eu não preciso de um psicólogo. Eu preciso de você!

— Mas você me tem, Luciano. Eu não te abandonei, eu nunca vou te aband...

— Eu quero que você volte, será que voc...

— Isto não está em discussão — insistiu meu pai, firme, mas sem se exaltar. — Olha, filho, tudo bem ficar chateado comigo, mas veja que é você quem mais perde fazendo tanta chantagem!

Luciano não disse nada. Só ficou emburrado, com cara de poucos amigos.

— Não se assuste, meu filho — retomou meu pai, demonstrando um jeito cuidadoso de tratar do meu irmão que me parecia inédito. — Eu garanto que vai ser bom pra você. Amanhã eu venho te buscar.

— Mas pai, eu não q...

— Eu vou te levar sim, e isso é para seu bem.

Assustado, meu irmão ameaçou fazer mais um espetáculo. Mas se acalmou imediatamente quando ouviu de minha mãe que achava ótima a ideia do meu pai, que ele não se arrependeria.

Na tarde seguinte meu pai apareceu e o levou ao psicólogo, sob meu olhar de reprovação. Fiquei completamente espantada — no fundo, morrendo de inveja — ao ver meu irmão voltar com outra cara. Não propriamente alegre, mas admitindo sem nenhum constrangimento que queria continuar a terapia.

— E você, Gabriela — aproveitou meu pai —, não quer ir conversar com este meu amigo também?

— Nem sonhe com isso! — declarei, dando-lhe as costas.

Admito: fiz aquilo por pura birra e orgulho. Pois à medida que as semanas passaram, vendo como Luciano reagia tão bem, eu até que tive vontade de voltar atrás. Estou arrependida por ter sido tão teimosa e não ter aceitado.

É difícil e até esquisito dizer isso: naquele momento, eu senti inveja do meu irmão. Não dos motivos que o levaram ao psicólogo. Mas de sua capacidade de continuar amando meu pai e não ter raiva dele, a despeito de ele nos fazer sofrer.

Todas as vezes que meu pai vinha nos buscar para sair, minha mãe pedia para que eu tentasse me controlar, que não falasse o que não devia. Eu ainda não conseguia aceitar que ele tivesse trocado nossa família por outra mulher. Minha mãe garantia que meu pai se preocupava muito com nós três e que estivéssemos bem em todos os aspectos. Em outras palavras, ela me pedia para que eu enxergasse seu lado bom.

— Como se fosse fácil! Mas, me diz, vocês vão se divorciar, afinal de contas?

— Ainda não, Gabriela! — explicou minha mãe certa tarde, um pouco antes de o meu pai chegar. — O Newton bem que quis conversar a respeito, mas eu sugeri que esperássemos no mínimo um ano.

— Um ano? Você vai continuar tanto tempo casada e com o marido fora de casa?

— Não sou a única, sabia? — desdenhou ela. — E, além disso, quero que ele tenha certeza da decisão que tomou!

— Mãe, você está delirando ou o quê? — me exaltei. — Então você ainda dá corda pra essa aventura?

— Gabi — disse ela, como sempre evitando discutir comigo e cheia de ironia —, antes de sair com seu pai, suba e prenda esse seu gênio-cão no armário!

Quando saímos naquela tarde, já fazia um mês e meio que meu pai se fora de casa. Ele já estava mais seguro de si, enquanto eu fazia questão de mostrar que ainda estava aborrecida. Eu precisava tirar uma dúvida que me atormentava. Decidi que o faria enquanto passeávamos num *shopping*. Aproveitei que meu irmão havia ido ao banheiro e fui ao ataque.

— Quando é que você vai ter coragem de conversar comigo? Já sei desse lance, que você foi embora por causa de outra mulher!

— Bem — ele sorriu encabulado —, uma hora eu teria que contar.

— Quer dizer que você tinha uma amante?

Ele me encarou como se tivesse ficado muito ofendido. Pensou longamente consigo mesmo para depois dizer:

— Olha, não acho muito legal que você coloque as coisas desta forma!

— Você saiu de casa por causa de outra, dá na mesma!

— Não, não dá na mesma! — garantiu ele, sem se alterar.

— Quem é essa mulher, afinal de contas?

— Que importa? — contra-argumentou ele. — Eu já conversei com sua mãe e ela me compreendeu, é isso que vale!

— Compreendeu? Ah, pai, fala sério! Você magoou a mamãe, sacou? Vocês sempre nos ensinaram a não ferir os sentimentos dos outros! E agora, o que você vai me dizer? A regra vale pra gente, mas não vale pra você?

Meu pai tentou responder, mas as palavras não saíram. Ele relutou. Sentindo-me fortalecida, segui no ataque.

— Minha mãe ficou lá, sozinha, arrasada, e você diz que ela te compreendeu?

— Um dia você vai me entender! — desconversou ele, tentando me evitar.

— Eu não quero entender um dia! Eu quero entender agora!

Meu irmão chegou no exato momento em que eu quase berrava. Ele suspirou irritado e decidiu me enfrentar:

— Quando é que você vai dar sossego pra ele, sua pentelha?

Eu não gostei da atitude do Luciano. Até falaria um palavrão, se não fosse meu pai determinar com firmeza — algo que estava ficando cada vez mais frequente — que não discutíssemos. Mas eu não podia deixar meu irmão sem resposta.

— Pronto, lá vem o queridinho do papai com seu papo de psicólogo! Você tinha que sair em defesa do coitadinho, né? Mesmo depois do que ele aprontou!

— E a babaquinha aí tinha que jogar a merda do ciúme dela no ventilador, né?

Fervi de raiva. Não era do feitio do Luciano me enfrentar tanto assim, a ponto de me jogar na cara uma verdade que eu não gostava de ouvir.

— Você acha que é a única aqui que tá sofrendo?

— Então por que você não me ajuda, em vez de puxar o saco dele? — provoquei.

— Porque você só tá piorando as coisas agindo assim!

Não fui só eu que fiquei impressionada. Meu pai também não acreditou no que o Luciano havia dito. A discussão terminou exatamente ali. Eu segui calada, enquanto eles continuaram conversando como se nada tivesse acontecido.

Quando chegamos em casa, pedi para o Luciano entrar. Os dois se despediram e tive mais uma chance de alfinetá-lo.

— Por que você está fugindo de mim? Você está com medo de me enfrentar?

— Ah, Gabriela, se enxerga! — irritou-se ele.

Aí virou-se, não se despediu de mim, e foi embora.

6
Olhos nos olhos

Minha mãe percebeu meu aborrecimento. Observou-me a distância e tirou suas conclusões sobre o que acontecia ao me ouvir, certo dia, discutindo ao telefone com meu pai. Não me pareceu nenhum milagre quando, no almoço do dia seguinte, ela me disse que me levaria no final da tarde ao consultório do meu pai, antes de pegar o Luciano no treino de futebol.

— Ele quer conversar com você. A sós!

Eu evitei qualquer comentário. Apenas sorri.

Minha mãe entrou comigo na sala de espera. Foi curiosa a reação de cada um ao se verem: ela parecia firme e segura; ele, exatamente o contrário.

— Finalmente você decidiu contar a ela —, debochou minha mãe.

— Eu esperava que você me fizesse esse favor —, ele retrucou, contrariado.

— Você teve coragem para sair de casa —, defendeu-se ela com sarcasmo, sentando-se no sofá e apanhando uma revista —, tenha coragem de ser honesto com sua filha! Ela não é mais criança, ou você ainda não se convenceu disso?

— Você está bem, Ingrid? — indagou meu pai, evitando discutir.

— Você se importa com isso?

— Por favor, não seja injusta. Você está bem?

— Olhe para meu rosto — retomou ela, dando-lhe um sorriso amarelo, cheio de ironia — e tire suas conclusões, meu senhor!

Eu fiquei irritada com aquela discussão que não era discussão. Quase berrei para que eles fossem mais autênticos, discutissem e se ofendessem, como casais normais fariam. Eles, porém, jamais haviam perdido o controle um com o outro. Não foi ainda daquela vez.

Meu pai desdenhou dela balançando a cabeça, e me levou para dentro do consultório. Sentou-se e fez uma cara de extrema angústia.

— Será que um dia eu vou conhecer esta sua amante? — já fui disparando.

Eu nunca vou esquecer o olhar flamejante que ele me lançou. Admito: tive medo de sua reação. Ele me encarou por um bom tempo e respondeu:

— Diga isso de novo, e pela primeira vez na vida vou meter a mão na sua cara!

— Tá bem, pai! — resolvi recuar, levemente estremecida. — Desculpe!

— Assim está melhor! Sim, você pode conhecê-la. Só depende de você. Mas não vou admitir que você seja mal-educada. Você anda muito bocuda!

— Afinal de contas, quem é esta Sandra? Daria pra contar?

— Ela foi uma antiga namorada — respondeu ele, depois de relutar. — É a pessoa que mais amei na minha vida. A Sandra é a grande paixão da minha vida!

Ele nem percebeu minha irritação ao ouvir o que me parecia uma confissão de adolescente. Falou por um bom tempo, contando do que viveram entre os dezesseis e vinte anos. Seus olhos brilhavam enquanto ele narrava, garantindo que tinha sido uma relação intensa, um namoro muito bonito, até que as circunstâncias — foi a palavra que ele usou — os separaram.

— Como assim, circunstâncias? — perguntei assim que ele se calou.

— A família dela se mudou de Campinas.

Na época ele tinha vinte anos e ela, dezoito. Ele me contou que tentou de todas as formas convencê-la a ficar, chegou a pedi-la em casamento. Mas ele ainda era um estudante, estava no terceiro ano do curso de medicina.

Sandra ficou insegura quando soube que a mãe dele, a vó Maria Estela, não admitiria que ele se casasse antes de se formar e que não daria nenhuma ajuda — mesmo porque os pais do meu pai eram pessoas muito simples, como até hoje são. Eles não teriam condições de bancar a faculdade, o que já estava sendo um grande sacrifício, e um casamento prematuro. Além disso, a família de Sandra também não concordava que os dois se casassem tão jovens.

— Enfim — continuou ele —, ela se foi para longe e não nos vimos mais. Chegamos a trocar umas poucas cartas e nos telefonamos algumas vezes. Ficamos magoados e ressentidos um com o outro. Só que o tempo não apagou o que sentíamos.

— Mas pai... Isso faz mais de vinte anos!

Ele fez uma cara única. Não sei dizer se era de vergonha, de sofrimento, ou do quê. Seus olhos ficaram vermelhos e evitaram os meus.

— Vinte anos e o tempo não mudou o que sentíamos — disse ele. — Nós achávamos que tínhamos virado esta página de nossas vidas. Até que nos reencontramos.

— Se reencontraram ou ela te procurou? — alfinetei.

— Não, Gabi — garantiu ele, sorrindo ante minha suspeita, com uma sinceridade convincente. — Ninguém procurou ninguém. Foi uma mera casualidade.

— E como foi isso?

Ele hesitou por um instante. Mas resolveu me contar.

— Aconteceu aqui no consultório. Ela veio acompanhar uma amiga e não se deu conta do nome do médico. Então nos vimos, nos cumprimentamos e... e não conseguimos conter a curiosidade de saber o que tinha sido a vida de cada um.

— E o resto? — insisti, percebendo que ele estava incomodado e não queria ir adiante. — O que rolou... pra vocês voltarem?

— A verdade é que apesar dos vinte anos, nós nunca nos esquecemos — retomou ele, evitando falar sobre o que eu queria ouvir. — Eu não podia imaginar que, depois de tanto tempo, ainda a amasse tanto. E que ela também me amasse.

Aquela era a primeira vez na vida que eu ouvia meu pai falar de amor. O que seria extraordinário, se não fosse revoltante, segundo meu ponto de vista.

— Espera um minuto! Você a amava, ela te amava... E a mamãe nessa história?

— Que tem sua mãe? — indagou ele, não compreendendo minha pergunta. — Não imagine que eu não goste de sua mãe...

— ... mas você não ama a Ingrid, é isso? — retomei, carregando no sarcasmo. — Você ama a Sandra, a grande paixão da sua vida, mas e a Ingrid? Ah, não, aí é diferente! A Ingrid é somente a mãe dos seus filhos! É isso?

Meu pai mordeu os lábios e pareceu magoar-se com meu julgamento. Depois suspirou e esfregou seus olhos. Não escondendo as lágrimas — era também a primeira vez que eu o via chorar —, ele respirou fundo e respondeu:

— Eu não sei o que responder. Sua mãe tem sido uma companheira maravilhosa, mas também temos nossos problemas. Não fomos o casal mais feliz do mundo.

— Então — retomei, recobrando minha mordacidade —, convenientemente, sua ex-namorada aparece neste momento. Bem na época do Carnaval!

Ele não disse nada. Apenas me deu uma breve risada de menosprezo e balançou a cabeça. O que me irritou mais ainda.

— Você está agindo como um adolescente de catorze anos! — protestei.

— É exatamente por isso — pediu ele, quase implorando —, que eu peço para que você, minha filha adolescente de catorze anos, me entenda! Gabriela, me perdoe se estou fazendo vocês sofrerem. Eu não imaginava que rever a Sandra pudesse me balançar tanto! Não posso ser mais sincero que isso!

Eu ainda tive vontade de seguir pisando nele. Mas aquela foi a primeira vez que eu percebi claramente o quanto ele estava sofrendo.

— Quer dizer então que é isso? Você está largando um casamento de dezessete anos, sua família, seus filhos, por causa de um lance de adolescentes?

— De forma alguma estou largando meus filhos — retrucou ele, com firmeza. — Mas você coloque a situação da forma que você quiser!

— Onde vocês estão morando?

— Nós ainda não estamos juntos.

— Ainda não? Mas que ridículo! — desdenhei, rindo. — E o que os impede?

— É minha vida — retrucou ele, agora com rispidez —, por favor, fique fora disso.

— Afinal de contas, atrás de quê você foi saindo de casa?

Fui bastante sacana ao fazer aquela pergunta. Tudo que eu queria era testá-lo. Queria que ele falasse algo mais delicado e comprometedor. Talvez uma queixa de sua vida íntima com minha mãe. Mas ele voltou a sorrir. Desta vez, seu sorriso foi mais suave a ponto de me contagiar, sem que eu conseguisse evitar. E ele disse uma coisa que eu jamais hei de esquecer:

— Atrás da minha paz de espírito.

Senti algo esquisito ao ouvir aquela frase. Uma sensação boa. Mas naquele momento eu não compreendi o significado. Não quis mais ficar ali. Estava indignada. Levantei-me e disse que queria ir embora.

Já no carro de minha mãe, eu não consegui conter minha inconformação. Passei a bombardeá-la.

— É revoltante, tá sabendo? Não consigo acreditar que você vai aceitar calada essa babaquice e não vai fazer nada!

— Eu não aceitei nada calada — respondeu ela sem se alterar. — Não espere de mim um escândalo, algo como ir atrás da Sandra, bater nela, berrar para Deus e o mundo que ela roubou o meu homem! Não me presto a isso! Eu e seu pai sempre tivemos uma relação madura e...

— Relação madura? Ah, fala sério! O que ele está fazendo é coisa de gente madura?

Minha mãe riu muito. Ela então acariciou meus cabelos e disse algo que naquele instante eu não prestei atenção. Mas que, tanto quanto a resposta que meu pai me dera minutos antes, eu me lembraria para o resto da minha vida.

— Minha filha, tenha muito cuidado ao julgar as pessoas! Você tem razão, não é nem um pouco maduro o que ele está fazendo, mas ele continua sendo seu pai. E um dia, você pode se ver em situação parecida.

— Ah, não! Por nada neste mundo faço isso! E, além de tudo, será possível que você nunca vai deixar essa sua classe de lado pra defender o que é seu?

— Estou decepcionada com ele, mas não vou baixar o nível.

— Por mim e por meu irmão, baixe o nível e lute por ele — implorei.

— Ah, claro — continuou ela, com uma ironia pesada —, lute, obrigue-o a ficar em casa, faça chantagem. E depois, Gabriela? Vou passar o resto da vida com um homem infeliz do meu lado, me acusando de ser a culpada de todas as suas frustrações?

Eu tentei dizer alguma coisa. Mas não estava preparada para ouvir aquilo.

— Não estou adorando esta história — ela acrescentou. — Você tem razão, ele está sendo egoísta e imaturo, e eu estou sofrendo muito e estou tão indignada quanto você. Mas ele tem que saber o que quer da vida.

— E você, o que quer da vida?

— Tanto quanto ele, ser feliz! — respondeu ela. — E tudo que sei é que eu não posso ser feliz ao lado de um homem que está apaixonado por outra mulher.

Ela então chorou. Bem de mansinho, mas chorou. E eu fiquei comovida. Porque, de certa forma, ela também queria encontrar a tal da paz de espírito a que meu pai havia se referido.

7

O que deu na minha cabeça?

Passaram-se algumas semanas e uma certa paz se estabeleceu entre nós. Alguns dias antes da Páscoa — e sabendo que minha mãe nos levaria para Ubatuba naquele feriado — meu pai resolveu nos apresentar à tal de Sandra. Senti pânico ao imaginar uma madrasta em minha vida. Na noite da sexta-feira anterior ao feriado, meu pai veio nos pegar para jantarmos fora.

Minha mãe fez questão de descer e dar-lhe um alô. Tiveram uma conversa rápida, sem nenhuma provocação. Pelo contrário, meu pai até contou com simpatia que uma paciente sua era aluna de minha mãe na faculdade onde ela lecionava. Senti que os ressentimentos estavam sendo superados.

Enquanto conversavam, minha mãe o observou por inteiro e, mesmo que não dissesse nada, eu percebi o que ela pensou: meu pai estava muito bonito. Fico meio sem jeito de admitir isso, mas meu pai é um homem bonito quando se arruma. Ele tem um metro e oitenta e cinco, e mesmo com a calvície e algumas rugas — apesar de só ter quarenta e dois anos — é um homem que chama a atenção. Principalmente quando está de bem com a vida, como era o caso naquela noite. Minha mãe ainda perguntou onde jantaríamos. Um pouco desconfiado, ele disse o nome do lugar.

— Não me leve a mal, Newton — esclareceu ela, com bom humor. — Vou sair com minhas amigas e seria bom evitar algum constrangimento. Afinal de contas, Campinas não é tão grande assim!

Meu pai achou graça e deu razão a ela. E fomos embora.

Poucos minutos depois, chegávamos a um prédio no centro de Campinas. Ele parou em frente do portão e buzinou. Avistamos uma mulher, acenando do *hall* de entrada daquele prédio chique. Havia chegado a hora que eu tanto temia. Meu pai pediu para que descêssemos e que a cumprimentássemos.

O que eu vi me abalou. Sandra não era bonita como minha mãe havia dito. Era linda. Deslumbrante. O tipo de mulher que faz qualquer homem balançar. Ela tinha a altura de minha mãe, cabelos loiros, olhos azuis, um rosto lindo, de traços bem delicados — ela poderia perfeitamente ser uma modelo —, um sorriso encantador, um corpo muito atraente e se vestia com muita elegância.

Mas o que desmontou a mim e a meu irmão não foi exatamente sua beleza. Sua simpatia era seu ponto forte. Foi surpreendente a forma que ela nos desarmou. Sandra fez questão de nos olhar firme nos olhos, sorrindo com sinceridade, dar-nos um beijo e um abraço caloroso que nos amoleceu. Depois, nos deu um presente: um jogo de computador para o Luciano — que só faltou sair pulando de alegria —, e um livro bacana para mim, que adoro ler.

Eu, que tinha me prometido não deixar nenhuma provocação sem resposta, acabei tendo que engolir meu orgulho. Meu irmão e eu conversamos com ela sem receio algum. A própria Sandra se encantou conosco. Em especial com uma gracinha do meu irmão que encheu seu ego.

— Como é que você conheceu meu pai? — perguntou ele, com um jeitinho malandro, quando começamos a comer a pizza num lugar que eu e o Luciano escolhemos, diferente do restaurante ao qual meu pai pretendia nos levar.

— Nós frequentávamos o mesmo clube aqui de Campinas — explicou ela, não ligando para o encabulamento de meu pai. — Fomos namorados na adolescência.

— Ah, já tô sabendo disso.

— Conta pra mim, Luciano, o que você achou de mim?

Eu me preparei para ouvir algo cabeludo, pelo sorriso safado que ele deu.

— Minha mãe bem que deu a entender que você era bonita. Mas ela foi muito discreta. Olha, tô louco pra saber o que meu pai tem de especial.

— Ô, moleque, dá um tempo! — protestou meu pai, a despeito da risada da Sandra.

— Ah, pai, você vai me contar o truque, sim. Quero aprender também. Você não é nenhum galã, então você deve saber umas coisas diferentes.

— Como assim, seu safado?

— Ah, pai, se liga: ela é muita areia pro seu caminhão!

Depois que a Sandra e meu pai pararam de rir, fui eu que quis fazer minha pergunta, antes que ela me obrigasse a também dar a minha impressão.

— Você tem filhos?

— Eu não posso ter filhos, meu bem! — respondeu ela sem perder o sorriso doce. — Eu tentei muito enquanto fui casada. Fiz vários tratamentos, mas não houve jeito.

Não fiz aquela pergunta à toa. Estava apreensiva quanto ao futuro que me esperava. Era natural que eu quisesse saber se teria que dividir meu pai com outros filhos. Ao ouvir sua resposta, fiquei envergonhada do mau juízo que havia feito. Apesar disso, ela me deu um sorriso tão afetuoso que desmanchou logo todo meu mal-estar.

Só que a grande surpresa da noite ainda estava por acontecer. Quando já havíamos terminado a sobremesa, Sandra abriu um sorriso extasiado para alguém atrás de mim, enquanto meu pai se assustava. Sem que eu tivesse tempo de me virar, um par de mãos tapou meus olhos. Ouvi risos, cochichos, até que o Luciano pediu para que eu tentasse adivinhar. Devo ter arriscado uns dez nomes diferentes — entre eles o da minha mãe, porque me lembrei que havíamos mudado de plano, o que provocou risadas exageradas —, até me dar por vencida. Então recebi um beijo estalado no rosto. E pude ver quem aprontava comigo.

— João Guilherme?

— Em carne e osso — disse meu grande amigo com um sorriso radiante.

Ele sorria de modo expansivo, como se estivesse muito feliz por me ver. Talvez por isso mesmo provocou em mim uma reação exagerada. Saltei da cadeira, dei-lhe um abraço forte não escondendo a alegria, e retribuí o beijo estalado.

— Gabi, eu estava morrendo de saudades de você!

— Como você é mentiroso — provoquei, dando um beliscão carinhoso em seu braço. — Você foi embora, não deu tchau, nem deixou endereço. E aí, cara, como foi sua viagem? Estou morrendo de curiosidade!

— Você não acredita, cheguei ontem. Foi descolada, mas eu tenho mesmo que pedir desculpas. As últimas semanas antes de partir foram uma loucura, você não sabe da história. Meu pai ficou doente, teve um problema grave e ainda não tá legal.

— Ah, João, que chato — lamentei, apreensiva.

— Até hoje ele está numa cadeira de rodas. Eu cheguei a pensar em cancelar tudo e não me despedi de ninguém mesmo. E, você sabe, não sou muito de escrever e...

— Mas podia ter mandado pelo menos uns *e-mails*, né, cara?

— Ah, não me leve a mal, Gabi!

— Tudo bem — aceitei finalmente, rindo e imaginando que todas as meninas deveriam estar fazendo a mesma cobrança. — A gente acerta as contas depois.

Só então me dei conta de que precisava apresentá-lo. João Guilherme cumprimentou meu pai e meu irmão com simpatia. Depois apresentei Sandra pelo nome, já alertando:

— Antes que você diga qualquer coisa, preste atenção: ela não é minha mãe.

Ele, meu pai e Sandra acharam graça da minha preocupação.

— Você não precisava me dizer isso — disse ele, me deixando com cara de boba.

Eu ia perguntar por quê, mas não foi necessário. Para meu espanto, João Guilherme foi até Sandra e deu-lhe um grande abraço e um beijo.

— Então, vocês se conhecem?

— A Sandra é uma prima distante — explicou ele, sem se alterar. — Mas faz bastante tempo que não nos vemos.

— A última vez — observou Sandra, fazendo um carinho em seus cabelos —, você ainda era uma criança. Veja só seu tamanho, Gui, você está da minha altura. Eu visitei seu pai no hospital, semanas depois que você viajou, te contaram?

— Não, não contaram. Aliás, Sandra, se eu soubesse que fosse dar naquilo, não teria ido. Até hoje, eu tenho remorso.

— Ah, Gui, foi melhor para você — garantiu Sandra, consolando-o.

Eu fiquei sem jeito, e olhei para meu pai a fim de ver como ele reagia. Ele pareceu não se incomodar, mas queria saber quem seria aquele garoto por quem eu me derretia, apesar de ter um namorado.

— João Guilherme é um amigo meu — expliquei. — Nos conhecemos há muito tempo, estudamos juntos por vários anos, e ele acabou de voltar dos Estados Unidos. Foi por isso que eu... bem, que a gente ficou assim, tão contente, em se ver.

Depois, voltamos a nos olhar. Ambos eufóricos.

— Escuta, a gente tem muito que conversar — retomou ele, acenando para um grupo de amigos que o chamava para comer. — Me dá de novo seu telefone e seu *e-mail*.

Despediu-se de todos e voltou para junto de seus amigos. Mal podia conter meu entusiasmo, quando me sentei, sob os olhares admirados dos três.

João Guilherme não era um mero amigo. Era muito mais que isso. Pode parecer ridículo o que vou revelar, ainda mais sendo eu uma garota de quinze anos, que na época tinha catorze, mas não há outra forma possível: João Guilherme era a grande paixão da minha vida.

Eu teria muito para dizer a seu respeito. Coisas do tipo: como uma garota vidrada em rapazes morenos — nunca tive olhos para os loiros — foi cair de amores por um cara de cabelos e olhos claros? Mas João Guilherme era um caso à parte. Na época em que nos curtíamos, eu não o achava bonito. O que me atraía nele era sua presença. Ele tinha um jeito irresistível, uma conversa gostosa.

Apesar de ser um ano mais velho que eu, por muitos anos estudamos juntos. Em maio do ano anterior — quando eu tinha treze e ele, catorze anos —, ele foi passar alguns meses nos Estados Unidos com parentes que moravam lá.

Alguns meses antes daquela viagem, começamos a ficar mais próximos. Sentíamos crescer a vontade de ficarmos juntos e tive a impressão de que acabaríamos namorando. Até que surgiu aquela viagem de forma inesperada, um ano antes do que ele planejava e num mês totalmente atípico. Ele teve que correr atrás das providências e acabamos não nos vendo com tanta frequência.

Ao mesmo tempo que achava que seria uma experiência bacana para ele, eu acabei ficando desapontada, principalmente porque ele partiu sem dar adeus nem deixar seu endereço. Comecei a namorar o Rodrigo justamente em consequência daquele desapontamento.

Quando nos reencontramos naquela noite em que conheci a Sandra, ele estava bem mudado. Havia crescido, encorpado, usava cabelos compridos quase até os ombros e um pequeno brinco, que lhe caíam muito bem. Pela primeira vez me encantei com seus olhos azuis. Ele também havia ganhado algumas espinhas e uma penugem no rosto. E, com certeza, ainda deveria estar provocando suspiros.

— Eu conheço esse cara — disparou o Luciano, outra vez com cara de malandro. — Ele é nosso herói, sabia? Conheço um monte de meninas, uma mais gatinha que a outra, que está a fim dele. O cara tem fama, tá ligada?

— Ah, é? — interessou-se meu pai. — Conta pra mim, Gabriela, o que é que "rola" — e ele foi ostensivamente irônico ao usar esta gíria — entre vocês?

— Fica na sua, pai — respondi rindo. — Ele é só um bom amigo. E você, fedelho, fica frio que eu sei muito bem da fama dele. E escolha melhor seus heróis.

Depois disso, eles não disseram mais nada. Continuaram conversando. Mas eu estava frenética. Meu coração palpitava de emoção.

8
Um bom amigo

Durante toda aquela noite maldormida, não consegui tirar o João Guilherme da cabeça. Pensei fixamente nele, no que significava para mim e por que teria reaparecido bem naquele momento conturbado da minha vida. Fiquei ainda mais surpresa quando ele me ligou na tarde do dia seguinte, um sábado. Curiosamente, o fez minutos depois de uma discussão que tive com o Rodrigo ao telefone.

Tentei convencer o Rodrigo a ver um filme que tinha acabado de entrar em cartaz. Depois de algum tempo, percebi que ele queria achar um jeito de se livrar de mim. Furiosa, eu lhe disse para aproveitar bem a farra e bati o telefone. Quando o aparelho tocou de novo, achei que fosse o Rodrigo, querendo discutir um pouco mais. Atendi com rispidez. João Guilherme deu uma risada, e fez graça:

— Calma, gata! Fica fria. Eu ainda não propus nada.

— É você, João? Ah, cara, desculpe. Achei que fosse outra pessoa.

— Caramba, tenho pena do cara.

— Que surpresa legal, meu! E aí, tudo bem?

— Tudo bem. Mas pode ficar bem melhor. Conta pra mim, tem chance de a gente sair, colocar a conversa em dia e comer um *sashimi*?

— *Sashimi*? — gargalhei. — Eu nunca comi *sashimi*.

— Melhor ainda. Dá mais graça. Sua mãe pode levar você até o Galleria?

— Tenho certeza que sim — vibrei.

— Então se arranje aí com ela. Ah, e que tal um cinema antes disso?

O mais curioso é que ele me propôs o filme que eu estava louca para ver. Sem me dar conta das consequências, eu aceitei na hora e fui me arrumar.

Minha mãe me levou até o *shopping* e nem perguntou com quem eu estava saindo. Só se preocupou que eu estivesse com meu celular. Encontrei o João Guilherme, compramos os ingressos e desandamos a conversar. Depois de algum tempo, ele acabou fazendo um comentário que me deixou um pouco encabulada.

— Me deram um toque de que você está namorando um tal de Rodrigo.

Foi só ali que caí em mim. Não consegui evitar um aperto no peito. Não sou nenhuma santa, mas tenho meus limites. Mesmo que na minha idade muitos garotos e garotas gostem de namorar várias pessoas ao mesmo tempo, eu prefiro agir com certa cautela. Desde muito cedo, meus pais nos ensinaram a não brincar com os sentimentos das pessoas.

— E aí, é verdade?

— Se você sabia — contra-ataquei, cheia de malícia —, por que me convidou pra sair?

— E o cara sabe que você está aqui? — insistiu ele, esquivando-se.

Eu não respondi. Ele percebeu meu mal-estar, deu um sorriso malicioso e mudou de assunto. Para meu alívio.

Conversamos por horas a fio, na fila do cinema, durante o filme, que foi bacana, e também enquanto comíamos o *sashimi*, que acabei adorando. Quando decidimos ir embora, ele não deixou que eu chamasse minha mãe. Fez questão absoluta de me levar de táxi.

Alguns dias depois, ele apareceu de bicicleta na minha casa. Minha mãe me chamou, dizendo que havia alguém me procurando. Da janela do quarto dela avistei o João e desci correndo. No caminho, minha mãe me deteve e perguntou quem era aquele garoto bonito.

— Um colega de escola. Um bom amigo.

— Ah, sei! Um bom amigo? — provocou ela, depois de pensar um pouco. — Foi com ele que você saiu no sábado?

— F-Foi — gaguejei, surpresa com a pergunta —, mas olha, mãe...

— Aconteceu alguma coisa entre você e o Rodrigo?

Eu desconversei e repeti que ele era só um bom amigo. Ela sorriu de um jeito muito particular e pareceu aceitar a explicação.

— Que milagre é este? — perguntei sorrindo e dando-lhe um beijo no rosto.

— Queria conhecer sua casa — respondeu ele. — E também continuar aquele papo do sábado. Pode ser ou você está muito ocupada?

Apesar de uma lista de exercícios de matemática por fazer, eu disse que não haveria problemas. Ficamos conversando sentados no tapete da sala. Ele voltou a falar dos meses em que viveu em Cleveland. Disse que voltou um mês antes do previsto, de tanta ansiedade para ver o pai. Também me impressionou seu testemunho de como a esclerose do pai mexeu com sua família.

Depois, ele perguntou de mim e quis saber da separação. A princípio, eu não me senti muito à vontade para falar, ainda mais que ele era primo da Sandra. Mas depois resolvi contar, certa de que não havia nada de mais. Para minha surpresa, o João Guilherme foi muito sensível. Ao contrário do Rodrigo, ele não criticou meu pai. Disse que entendia bem como eu me sentia e me ajudou a entender minha indignação. Falou coisas que me fizeram muito bem.

Depois tocou num assunto também delicado, o qual eu esperava que ele tivesse esquecido.

— Foi impressão minha, ou eu fiz uma pergunta meio indiscreta no sábado?

Eu sorri, fazendo algum charme. Não pretendia falar a respeito, mas admiti para mim mesma que era inevitável que ele tocasse naquele assunto.

— Você ainda não me respondeu — contra-ataquei. — Se você sabia que eu estava namorando, por que me convidou pra sair?

Ele deu um sorriso maroto. E uma vez mais evitou a resposta.

— Faz tempo que vocês namoram?

— Pouco menos de um ano — respondi, disposta a alfinetá-lo. — E eu devo a você este namoro. Ele me ajudou a encarar minha tristeza quando você viajou.

— Como você é sacana — protestou ele, caindo na risada como eu.

Nós ficamos um bom tempo nos provocando. Lembrando do que aconteceu antes da viagem. Ele me contou que ficou dividido entre permanecer no Brasil para saber o que estava acontecendo com o pai e encarar a oportunidade. A própria família o encorajou a partir. Um mês depois, seu pai foi hospitalizado e teve a esclerose diagnosticada.

— Agora ele está melhor e assimilou a doença. O ruim é que ele está numa cadeira de rodas, está praticamente inválido. Mas ele aceitou bem. Sem revolta.

— E como é que vocês ficaram financeiramente?

— A gente tá se virando bem — respondeu ele, sorrindo, talvez sem querer entrar em detalhes que o deixassem sem jeito.

Achei que não teríamos mais assunto. Mas ele me surpreendeu. Tomando uma iniciativa inesperada, ele segurou minha mão. E me olhou com muita ternura. Com um brilho nos olhos que me amoleceu.

— Achei incrível a gente se cruzar de novo — disse ele, enfim. — Você não sabe como... como mexeu comigo. Porque... Porque eu gosto muito de você!

Eu mantive a classe. Mas, por dentro, eu balancei, e muito.

— Foi maneiro te encontrar naquele restaurante — prosseguiu ele. — Você não sabe como fiquei feliz. E, saca só, se eu pudesse...

— Se você pudesse... — incentivei, não aguentando de curiosidade.

— Se eu pudesse, gata — retomou ele, enquanto nos desafiávamos com olhares nada ingênuos —, eu te dava um beijo ali mesmo!

Naquele instante eu me lembrei do que meu irmão havia dito no restaurante. E me passou pela cabeça que suas intenções não fossem muito sérias.

— Olha, João — retomei ainda sorrindo —, não sei qual é seu lance. Você sempre teve um monte de meninas no seu pé, por que esse interesse repentino por mim?

— Ah, não, Gabi — interrompeu ele sério, apertando minha mão. — Não confunda os lances! Não vou esconder, tem mesmo um monte de garotas na minha parada, mas não tô nessa pra te sacanear. E você sabe que eu te curto pra valer e já faz tempo.

— É isso aí, João, faz tempo e a gente...

— Faz tempo, mas... mas eu não consigo te tirar da cabeça.

Se dependesse do meu juízo, eu daria um basta ali mesmo. Deveria me lembrar do Rodrigo, um cara que vinha me decepcionando, mas que ainda era meu namorado. E que havia um sentimento forte entre nós. Entretanto, eu simplesmente não consegui resistir.

João Guilherme se aproximou e me deu um beijo. Antes fosse um beijinho tímido, um mero selinho. Mas ele me deu um beijo "daqueles", que me amoleceu, me arrebatou. E fez meu coração bater forte.

Mais desconcertada eu fiquei ao ouvir um "Hu-Humm!" da minha mãe, que observava tudo, segurando uma bandeja com dois copos de refrigerante e alguns biscoitos. Dizer que eu gelei naquele instante é pouco. Fiquei paralisada e não sabia o que fazer. Então, fiz o que me pareceu mais conveniente.

— Mãe — comecei gaguejando, me erguendo e puxando João Guilherme pela mão —, e-eu não te apresentei meu amigo...

— Amigo... — observou ela com ironia e com uma careta que fez João Guilherme, embora tão envergonhado quanto eu, dar uma risada abafada.

Ela deixou a bandeja na mesa de centro e beijou o rosto dele, sorrindo com simpatia. E ainda disse uma coisa que quase me fez desmaiar.

— Você se parece bastante com sua prima, sabia?

Eu e o João Guilherme nos olhamos, espantados. Mas logo compreendi. Vermelha de vergonha, dei uma risada e reclamei:

— Ê, Luciano linguarudo! Fica frio, João, foi meu irmão.

— Então a senhora conhece a Sandra? — indagou ele, surpreso e sem jeito.

— Há mais de vinte anos — continuou ela, sem um pingo de sarcasmo na voz. — Faz muito tempo que não a vejo, mas acho que ela deve continuar muito bonita!

Ela ainda conversou um pouco com ele, quis saber onde ele morava e quem eram seus pais, fazer o patrulhamento de praxe. Mas logo se retirou. Olhamos um para o outro, ainda com o coração na mão por causa do flagrante. Reconhecemos que havíamos sido imprudentes e seguimos conversando sobre meu namoro.

— João, não força a barra, não me sinto à vontade pra falar disso.

— Relaxa! Eu tô sabendo que vocês não estão numa boa.

— Fica na sua, seu enxerido! — protestei enrubescida, empurrando um biscoito em sua boca, embora não deixasse de rir. — Você não sabe das coisas e...

— Sei mais do que você imagina — interrompeu ele. — E esse beijo... que, cá entre nós, fazia muito tempo eu sonhava em te dar, disse muito mais.

Eu bem que quis dar uma bronca nele. Mas me passou pela cabeça que desabafar me faria bem. Ainda mais depois dos bons conselhos que ele havia acabado de me dar sobre meu comportamento com meus pais. Resolvi me abrir sobre o que vinha sendo meu namoro. Contei que gostava muito do Rodrigo, mas admiti que estava confusa. Contudo, em nenhum momento insinuei que estávamos brigando. João Guilherme me ouviu e me respeitou.

— Eu sei como é que é, Gabi — disse ele, quando nos despedimos —, qualquer namoro tem suas fases de crise.

— É, já me disseram isso — emendei, abrindo a porta para ele.

— Você tem que resolver o que é melhor. Mas eu ficaria feliz se você pensasse no que eu te disse. Que eu gosto muito de você.

Eu fiz que ia reclamar, mas me detive. Apenas sorri, e me inclinei para dar um beijo em seu rosto e me despedir. Mas ele me apanhou desprevenida e me roubou mais um beijo. Tão gostoso quanto o primeiro. E foi embora.

9 

No fundo é a mesma coisa

Eu sabia que minha mãe, em algum momento, conversaria comigo. Porém, imaginei que só aconteceria vários dias depois. Para minha surpresa, ela me chamou naquela mesma noite. Me preparei para ouvir um sermão.

— Tudo bem — já fui dizendo, ao me sentar no sofá —, já sei o que você vai dizer: não se brinca com o sentimento das pessoas deste jeito!

Ela me deu mesmo uma bronca discreta, dizendo que não era atitude de gente direita, enquanto eu me defendia dizendo que já estávamos no século XXI e que aquilo não era o fim do mundo. Depois conversamos de forma mais suave.

— Você não quer me dizer algo mais sobre esse garoto?

Pelo sorriso malandro que ela sustentou, entendi que minha mãe não aceitaria uma resposta evasiva. Resolvi, então, contar um pouco mais.

— Bem, ele não é só um bom amigo, como eu disse. Na verdade, faz tempo que a gente se curte. Eu já me ligava nele muito antes de o Rodrigo aparecer.

— Ah, sei! — insistiu ela na ironia.

— E se você quiser mesmo saber... — fui adiante, fazendo graça de um jeito que eu sabia que a divertia, mas sem me dar conta do que eu lhe dizia —, o João Guilherme... bem, ele é... é a paixão da minha vida!

Não poderia imaginar que ela tivesse aquela reação. Minha mãe saltou do sofá e abriu um sorriso largo. Grande ilusão a minha imaginar que ela tinha ficado feliz por minha causa! Não era bem esse o motivo do teatro que ela fazia.

— Não acredito no que eu ouvi! Então, ele é a paixão da sua vida? Que coisa extraordinária! Me conte uma coisa, e o Rodrigo?

— Já disse, o Rodrigo apareceu depois, enquanto o João estava nos Estados Un...

— Ah, sei. Apareceu depois, mas ainda é seu namorado. E, no entanto, eu vi algo esta tarde que me deixou...

— Mãe, pega leve — argumentei, embaraçada. — Só rolou um beijo.

— Só um beijo?

— Tá bem, mãe, foram dois beijos.

— E que beijos, Gabriela — disparou ela, fazendo mais uma careta que me fez cair na gargalhada. — Beijos de novela, no melhor estilo! Posso até imaginar o que seu pai diria se tivesse te flagrado no meu lugar. E a vó Berta, então?

Quando parei de rir, ela retomou:

— Eu deveria mesmo dar um longo sermão por conta do seu assanhamento, mas não vou fazer isso, não. Só quero te lembrar de uma conversa que tivemos. Você se lembra — prosseguiu ela, provocativa —, quando foi ao consultório de seu pai e ouviu que ele saiu de casa por causa da grande paixão da vida dele?

Assim como eu havia estremecido ao ouvir do João Guilherme que ele gostava de mim, estremeci e fiquei paralisada ao ouvir minha mãe. Instantaneamente, perdi meu sorriso e senti um frio na espinha.

— E você se lembra de que eu lhe disse para ter cuidado ao julgar seu pai, e que ninguém estava livre disso?

Se eu me senti mal com a primeira pergunta, aquela segunda me afundou. Ninguém teria me dado uma chacoalhada mais brilhante que ela.

— Mãe — tentei me defender —, eu tenho catorze anos, não sou casada, nem tenho filhos. Você quer comparar esse lance com o que o papai fez?

— Gabriela, tudo bem, se você quer tapar o sol com a peneira, não é meu problema. Mas é bom que você saiba: no fundo, é a mesma coisa!

Foi só então que caí em mim. Ainda que estivesse empolgada com o João Guilherme, minha mãe me fazia entender que eu estava agindo como meu pai. E não me fez nada bem me dar conta disso.

Como eu poderia admitir uma comparação tão descabida, e segurar isso sozinha?

No dia seguinte, eu aceitei um convite — era dia de bife à *parmigiana* — e fui almoçar na casa da Ana Lúcia. Depois do almoço, nos trancamos no quarto dela e desabafei. Contei o que havia acontecido entre mim e o João Guilherme nos mínimos detalhes, exigindo segredo absoluto.

— Que maneiro, Gabi! — comemorou ela. — Mas eu tenho que contar um lance que talvez te deixe chateada. Fui eu quem contou pra ele que você e o Rodrigo não estão bem. E também dei um toque de que você queria demais ver aquele filme.

— Sua tratante — reclamei, dando-lhe uma almofadada e caindo na risada.

— Se liga, Gabi! Vocês dois têm muito mais a ver, aquele Rodrigo é um cafajeste! Agora, conta mais. Vocês mandaram bem, hein? Dois beijaços?

— Não é só isso. Quando rolou o beijo, minha mãe pegou a gente no flagra!

Ana Lúcia mal acreditou no que ouviu e assanhou-se mais ainda. Rolou na cama, dando gritinhos afetados e gargalhando.

— Uau, ela pegou vocês no flagra? E ela, ficou por conta ou levou na boa?

— Ah, ela me deu uma bronquinha sim, mas fez uma que pegou pesado! Saca só, ela disse que o que eu estou fazendo é igual ao que meu pai fez.

— Igual ao que seu pai fez? — admirou-se Ana Lúcia, para depois pensar um pouco consigo mesma e dizer: — fala sério, ela disse isso?

— Disse! E eu fiquei mal! Não consigo tirar isso da cabeça.

— Ela não falou isso pra magoar você. Agora me conta mais desse lance com o João Guilherme, que me deixou ouriçada!

Voltei a falar do João. Muito envaidecida e com as emoções a mil. Mas, também, um pouco insegura. Sentia em meu coração que eu estava dividida e perturbada. E pior, não entendia bem o que estava acontecendo comigo.

Depois, a Ana Lúcia me contou que havia sido convidada para uma festa dali a uma semana, e queria que eu fosse com ela. Garantiu que seria a festa do ano na danceteria mais famosa da cidade e que ia aparecer gente muito legal. Eu tive que entender sua empolgação, porque não era sempre que ela recebia um convite como aquele. Para a Ana Lúcia, uma festa daquelas não se perdia.

Em circunstâncias normais, eu não iria àquela festa para ficar com o Rodrigo. Só que ele inventou mais uma que me deixou injuriada. Sem que eu dissesse nada sobre a festa, na quinta-feira que a antecedia, ele me disse que não me veria no fim de semana porque iria com a família para Jundiaí. Nem sequer se deu ao trabalho de me convidar. Inconformada com mais uma dispensa — no fundo, querendo vingança —, refleti bem e decidi aceitar a sugestão da Ana Lúcia. Liguei no instante seguinte e disse a ela que minha mãe nos levaria. E que eu topava dormir na casa dela.

Lá na festa, que aconteceu num sábado no começo de maio, em meio à agitação que fazíamos entre conhecidos, eu não percebi nada, nem o jogo de olhares, nem mesmo uma certa inquietude da Ana Lúcia. Até que ela de repente sumiu, e me deixou dançando. Cinco minutos depois ela reapareceu com cara de quem tinha aprontado alguma.

— Vem cá, Gabi, que tenho um presente fofinho pra você!

O brilho de malícia nos olhos dela não me enganava. Eu ri, tentando adivinhar o que ela estaria aprontando. Não sou propriamente ingênua e é difícil que me enganem. Apesar disso, eu caí direitinho na armação de minha melhor amiga. Ela me puxou pela mão e disse antes de me levar para fora do salão:

— Fecha bem os olhos, e não vale me enganar!

Muito desconfiada, obedeci. Logo depois ela me disse para abrir. Pude ver então o presente: João Guilherme, com um grande laço de fita amarela amarrado no peito, e uma rosa na mão. E também um grande cartão aberto, escrito: "Com amor e carinho, de sua melhor amiga".

O que mais eu podia fazer? Eu me desmanchei de rir, tanto quanto os dois. Dei um beijo nela, e fiz o mesmo com o João Guilherme.

— João, eu jamais imaginei que você topasse pagar um mico desses!

— Ah, Gabi, o que não faço por você? — disse ele, me provocando.

— Que cínico! — disparou a Ana Lúcia, dando um tapa inofensivo no braço dele. — Você não sabe o trabalho que esse moleque me deu pra topar essa brincadeira. E então, lindinha? Gostou do presente ou não?

— Adorei — garanti. — Mas vocês ainda vão me arrumar uma grande trapalhada.

A festa foi muito gostosa. Não tivemos como resistir a um clima muito íntimo. Beijamo-nos e nos abraçamos, sem considerar que havia muita gente conhecida no salão. Conhecidos nossos e do Rodrigo. Mas o João também me pressionou: quis saber se eu estava pensando a respeito do que ele havia pedido.

— Você vai me deixar confusa, cara! Aliás, mais do que já estou.

— Não é o que eu quero! Qualquer um vê que você não está mais curtindo esse cara.

— Não é bem assim — retruquei, aborrecida com o comentário.

Nós poderíamos ficar a noite inteira discutindo, e eu conhecia bem meu gênio. Por isso, resolvi encerrar a questão.

— Que tal conversarmos sobre isso outro dia?

— Tudo bem! — aceitou ele, me dando um beijinho. — Mas não tente me fazer de bobo.

Garanti que jamais ousaria, porque ele era muito especial para mim. E curtimos muito aquela noite inesquecível.

10

Certas coisas são inevitáveis

Poucos dias depois daquela festa, minha mãe me contou uma novidade. Na verdade, ela não me contaria se não fosse um comentário indiscreto da vó Berta.

Minha vó Alberta, no fundo, não é uma má pessoa, hoje eu sei disso. Seu grande problema é sua mania de julgar e criticar os outros. Principalmente esta neta geniosa. Esse defeito é tão marcante que até mesmo minha mãe se incomoda vez ou outra com a dureza da vó Berta.

Num almoço de domingo, a vó Berta acabou comentando que minha mãe havia flagrado alguém. Não disse mais nada, apenas sustentou um sorriso misterioso de satisfação, a despeito do olhar injuriado de minha mãe e de meu avô Aurélio. Curiosa, no caminho de volta para casa insisti para que minha mãe contasse. Aborrecida com minha avó, ela admitiu que não pretendia nos contar, mas já que a dona Alberta tinha feito o estrago, não havia como voltar atrás.

Minha mãe contou que, numa noite de sábado, estava passeando num dos *shoppings* de Campinas com sua irmã, a tia Floren. Pretendiam ir ao cinema e depois jantar fora. Na fila do cinema, ela achou familiar o senhor que estava logo à frente e ao lado de uma mulher muito elegante. Sem se alterar, e antes que minha tia dissesse algo, minha mãe o cumprimentou.

— Boa noite, Newton.

Meu pai, tendo Sandra sob seu braço esquerdo, se encabulou com o olhar aparentemente simpático de minha mãe. Depois com o olhar furioso da tia Floren que, tanto quanto a vó Berta, queria catá-lo de jeito e arrancar sua pele a unha. Constrangidos, ele e Sandra responderam com desconforto ao boa-noite. Talvez todo mal-estar terminasse ali, não fosse minha tia dar um ar de sua graça. Medindo os dois de cima a baixo, e dando uma risada debochada, ela disse:

— Vamos embora, Ingrid. Perdi a vontade de ver este filme.

Tanto quanto minha mãe, meu pai tem pavor de escândalos. Imediatamente, ele propôs a Sandra que fossem embora, mas minha mãe não aceitou. Exigiu que minha tia parasse com aquela tolice, e pediu para que meu pai não se incomodasse. Argumentou que em poucos instantes estariam dentro da sala, e que poderiam tomar rumos diferentes.

Minha mãe contou que a Sandra não gostou do acontecido e pediu para conversar dois minutos com ela. Meu pai ficou mais apavorado ainda, quis a todo custo detê-las, mas não conseguiu. Sandra puxou minha mãe de lado.

— Tenho que admitir que você continua muito bonita — ironizou minha mãe.

— Por favor, não quero brigar. Me deixe dizer uma coisa.

— Sandra, não há o que ser dito. E não precisa ficar apavorada, eu não...

— Não estou apavorada, Ingrid, estou é constrangida. Por favor, me deixe falar.

Minha mãe resolveu ouvi-la, não imaginando o que ela poderia querer.

— Você pode me recriminar por qualquer coisa, mas o fato é que eu pedi para que ele pensasse muito antes de sair de casa. Ele não está morando comigo, eu pedi para que a gente desse um tempo e...

— Você não tem que justificar nada — interrompeu minha mãe, secamente.

— Mas eu estou preocupada com você.

— Comigo? — surpreendeu-se minha mãe. — Como assim?

— O Newton me disse que você está reagindo com muita calma. Qualquer mulher ficaria enfurecida no seu lugar. Estou bastante constrangida. Não quero ser o pivô de uma briga maior, nem...

— Aceite você ou não — interrompeu minha mãe —, você *é* o pivô. Mas até agora, ninguém brigou porque não houve motivo. E mesmo que eu esteja sofrendo muito, porque eu amo o Newton — e ela me contou que disse aquelas palavras com uma firmeza marcante —, ele já tomou sua decisão.

Após um instante em que a tensão pareceu diminuir, minha mãe prosseguiu:

— Aliás, o Newton não contou a verdade. Não reagi com tanta calma, eu fiquei muito magoada, sim! Acho que faltou a ele maturidade, coisa que ele poucas vezes teve na vida. Mas não tenho raiva dele.

— Mas tem de mim, não é?

— Nem de você — respondeu ela, firme. — Certas coisas são inevitáveis, Sandra. Eu imaginava que ele já tivesse superado sua falta, mas ele se enganou. E me enganou também. Então você reapareceu, como é que isso não iria mexer com a cabeça dele? Mas o tempo passa, fecha as feridas e a gente aprende a reagir.

— Você rodeia — retomou Sandra, que não era nada boba —, mas evita falar o que é preciso. Se você ama o Newton, por que então o deixou sair de casa tão facilmente? Por que não lutou por ele ou fez alguma coisa para detê-lo? Você aceitou muito facilmente a decisão dele, e é isso que me deixa preocupada!

Enquanto me contava aquela cena, minha mãe disse que se lembrou de mim ao ouvir aquelas palavras da Sandra. Depois ela respondeu, sem ser rude:

— Eu não quero conversar sobre isso com você. Acabei de dizer, certas coisas são inevitáveis. E além disso, quem é você pra dizer que não fiz nada para detê-lo?

Minha mãe contou que Sandra se perturbou ainda mais ao ouvir aquilo.

— O estrago já está feito — retomou minha mãe —, e é melhor que ninguém volte atrás. Eu sofri no começo, mas hoje eu sei que o Newton jamais estaria em paz se não fosse atrás de você. Encare isso de frente, vocês nunca se resolveram. E tenha certeza de uma coisa: eu ficaria louca da vida se descobrisse que vocês estavam se encontrando como dois amantes. Ainda que me doa, admito que foi mais digno da parte dele fazer o que fez.

Minha mãe disse que Sandra suspirou e pareceu lamentar alguma coisa.

— Afinal de contas — retomou minha mãe —, você está contente ou não?

— Estou muito feliz, mas... mas eu nunca quis mal a você.

— Ah, Sandra, por favor! — endureceu minha mãe. — Não temos mais idade para esse tipo de hipocrisia. Você gostou, sim, de reencontrar o Newton. Você balançou tanto quanto ele, se não fosse assim, nada disso estaria acontecendo. Nessa hora, não há como pensar que se está interferindo na harmonia de uma família.

Minha mãe me contou que se impressionou por ter dito aquilo. Ela até se preparou para o troco, mas

tudo que Sandra fez foi suspirar uma vez mais e olhar para o lado. Então minha mãe foi adiante:

— Faça um bem a todos nós. A vocês dois, a mim e aos meus filhos. Não se enganem mais, mergulhem fundo nesta história. Se assumam e vivam juntos.

Sandra fez naquele momento uma cara de total espanto.

— Uma coisa — prosseguiu minha mãe — é vocês viverem um namoro de adolescentes. Outra, muito diferente, é vocês se assumirem e viverem o dia a dia de um casal, acordar e dormir com a mesma pessoa, dividindo o mesmo espaço.

— É tudo que ele quer — admitiu Sandra —, mas eu pedi um tempo.

— Ah, francamente — desdenhou minha mãe, à beira da irritação. — Ninguém aqui tem mais idade para essa história de namoradinhos que precisam dar um tempo! Aceitem esse risco e se assumam de uma vez.

Sandra ficou sem ação. Minha mãe viu meu pai acenar que a fila começava a andar. As duas voltaram para seus lugares. Eles se despediram e sentaram-se em lugares diferentes. Dentro do cinema, minha tia quis saber o que havia acontecido.

— Sossega, Floren, está tudo bem. Ela não é má pessoa.

— Como assim? Essa ordinária roubou seu marido, sua tonta!

— Floren, por favor, não se meta nisso! É problema meu!

— E o que ela queria com você?

— Conversar — respondeu minha mãe, com um sorriso irônico. — Elogiar meus filhos e me pedir uma receita de bolo.

— Ah, sua chata! — riu minha tia.

— Estou bem, Floren. Acredite, esta conversa me fez muito bem.

Minha mãe garantiu que a noite foi excelente, que ter falado aquelas coisas para a Sandra a havia fortalecido. Quando ela terminou de me contar, eu não pude fazer outra coisa senão dar uma sonora risada. Eu podia entender sua calma em lidar com meu pai, até mesmo em aceitar a separação. Encarar a outra e ainda ter o sangue-frio de dizer aquelas coisas, porém, me deixou boquiaberta.

— Olha mãe, espero que um dia você não se arrependa das coisas que está fazendo. Todo mundo está chamando sua atenção.

— Tenho certeza absoluta — garantiu ela, com firmeza — de que estou fazendo o que é certo. Não me arrependo de nada, absolutamente nada do que fiz.

— Você falou sério? Você não tem mesmo raiva dela?

— Não mais — garantiu.

Talvez aquela conversa tenha sido o ponto a partir do qual comecei a tratar meu pai de maneira diferente. Talvez tivesse definitivamente me convencido de que eu precisava respeitar sua decisão.

11

Uma nova postura

Alguns dias depois, meu pai apareceu e me convidou para comermos uma pizza só nós dois — o Luciano tinha uma festa. Decidi não ser mais agressiva. Pelo contrário, fiz piada do ocorrido no cinema. Depois, fui suave como nunca. E fiz algo inédito: aceitei seus carinhos ainda tímidos e o abracei com ternura, dizendo que estava adorando seu lado afetivo que eu pouco conhecia.

— Você, então — perguntou ele contente —, não se incomoda?

— Sabe, pai, você nunca foi assim carinhoso, cheio de abraços e beijos. Eu precisava me acostumar. Não me incomodo e gosto dos seus carinhos, sim! E também gosto quando você pergunta sobre minha vida.

Adorei o sorriso bonito que ele abriu.

— O Luciano já deve ter dito que achamos a Sandra muito legal — emendei. — Conta aí, fora este lance do cinema, como é que vocês estão?

— Bem — disse ele. — Aliás, eu preciso contar uma novidade.

Eu dei um sorriso, já imaginando o que seria.

— Vocês estão morando juntos? — me adiantei. — Seria isso?

— É — gaguejou ele, claramente inseguro. — Eu não pretendia contar isso de forma tão direta assim, pois não sabia como você ia reagir, mas... mas é isso mesmo!

Eu esperava ouvir aquilo. E deveria até me sentir aliviada, e mostrar para ele que era a decisão certa.

Naquele momento não consegui. Tive uma sensação esquisita.

— Bem... Eu sabia que isso ia acontecer, mas não tenho o que dizer.

— Não foi fácil tomar essa decisão — retomou ele, ainda sorrindo. — Mas eu devo isso a você e a sua mãe.

— Como é que é? A mim?

— Você já se esqueceu? De quando eu contei quem era a Sandra? Você perguntou se estávamos juntos e achou ridículo quando eu disse que não.

Era verdade. Lembrei-me imediatamente da minha crítica. E refleti naquele instante, considerando que era mesmo ridículo que ele tivesse saído de casa e não estivesse morando com a mulher que dizia ser a paixão de sua vida.

Fiquei contente comigo mesma por ter me controlado. Mudamos de assunto e não tivemos nenhum atrito.

No dia seguinte, me senti muito leve. Certa de que meu pai, apesar de ter saído de casa, estava mais presente do que nunca em minha vida. Alguma coisa me dizia que eu precisava mudar minha atitude com ele.

— Tudo bem, filha? — atendeu ele o telefone. — Aconteceu alguma coisa?

— Não, pai, não aconteceu nada.

— Então...

— É que eu... Olha pai, eu não fui sincera ontem de noite.

Percebi claramente seu sorriso de compreensão.

— Você ficou chateada, então? Pode ser franca, filha.

— Não, pai! — respondi com sinceridade. — Sabe, foi legal nosso papo. Foi legal sentir você... próximo, afetivo e... e perceber que você está lutando pra ser feliz.

— Mas e sobre eu morar com a Sandra?

— Era isso que precisava ter dito ontem: já devia ter acontecido faz tempo. Eu achei muito legal. E eu deveria ter dito isso na sua frente.

Deu para perceber que ele havia ficado contente.

— Achei legal que vocês finalmente tenham se assumido. Liguei pra dizer isso. Uma vez que vocês se amam tanto quanto dizem, eu só posso esperar que vocês sejam muito felizes.

Meu pai agradeceu. Com a voz claramente embargada. E desligou o telefone.

12 Arcando com as consequências

Depois daquela festa em que eu me deleitei, o Rodrigo me surpreendeu e passou a me tratar melhor. Desconfiei que alguém tivesse contado alguma coisa, mas ele não comentou nada. Retomamos nosso namoro como se nada tivesse acontecido. Ele inclusive passou a ser mais carinhoso comigo.

Enquanto isso, eu senti um aperto no coração quando vi o João Guilherme, vários dias depois, aos abraços e beijos com outra garota. Fiquei desapontada, mas a Ana Lúcia o defendeu, dizendo que eu não podia cobrar nada dele.

— Você sempre soube que um monte de garotas vive atrás do João! — justificava ela. — Qual é o garoto que não se deslumbra com isso? Ainda mais quando a menina de que ele tá a fim não dá bola pra ele?

Acabei dando razão a ela. E achei que ficaria bem com o Rodrigo.

Só que a fase boa dele não duraria muito, e eu começaria a entender por quê. A turma do Rodrigo era toda de garotos mais velhos que ele, de dezessete a dezoito anos. Um pessoal que estava com os hormônios à flor da pele. Quase todos ali transavam com suas garotas. O Rodrigo já havia tocado nesse assunto comigo, mas começou a ser mais insistente. Faltou-lhe sensibilidade. E eu fiquei assustada.

Tentei entender suas razões, só que ele também tinha que entender as minhas. Se o Rodrigo sabia o que era melhor para ele, eu tinha que saber o que era melhor para mim. Eu tive uma orientação sexual privilegiada, e uma das coisas que mais guardei — dou mérito total a meu pai — é que catorze anos ainda não é idade para se transar. Tenho várias amigas da minha idade que já encararam essa decisão. Não deixei de ser amiga delas por causa disso, mas cada um tem que saber a melhor idade para começar.

Após poucas semanas de paz, foi natural que a gente voltasse a brigar por conta de sua persistência. Numa tarde de sábado de maio, depois de mais uma sessão de indiretas para um programa mais íntimo, eu deixei claro para ele que se quisesse ir para a farra com os colegas, que fosse.

Chateada — até considerando se não seria hora de um rompimento —, eu não resisti e liguei para o João Guilherme. Fazia semanas que não conversávamos, e não sabia como ele me trataria; me preparei para ser esnobada.

— E aí, Gabi, minha gatinha? — comemorou ele, sempre malandro. — Que gostoso ouvir sua voz! Diz aí, o que você faz em casa a esta hora de um sábado?

— Eu é que pergunto! E sua namorada, garanhão?

Ele soltou uma gargalhada do outro lado da linha.

— É só minha imaginação, ou a gatinha ficou com ciúme?

— Não tenho direito de ter ciúme, cara. Então você está namorando mesmo?

— Como assim, namorando? Eu só tenho olhos pra você, meu amor!

— Mas que cínico! — alfinetei rindo. — Você não era assim, João!

— Você não me conhece ainda, gata. Eu faço qualquer coisa por você.

— Se liga, meu, não quero enrolar! Se você estivesse livre, a gente poderia sair e encarar um *sashimi* de novo. Desta vez, eu faço questão absoluta de pagar.

— Estou livre, todo disponível pra você e já estou entrando no banho!

Novamente sob o olhar de desconfiança da minha mãe, pedindo para que eu pensasse bem no que estava fazendo, fui me encontrar com o João Guilherme. Desta vez, só para comer e conversar. Eu estava aflita e precisava desabafar. Mas só decidi me abrir depois que ele admitiu que teve um envolvimento rápido com uma garota, mas que não estava namorando.

— Guarde bem uma coisa, Gabi — disse ele —, eu jogo limpo. Meu lance é com você.

Sem saber o que esperar dele, decidi contar tudo que havia acontecido entre mim e o Rodrigo. João Guilherme fez muito mais do que eu poderia querer. Não julgou, não criticou pesado, até contou como os garotos agem e pensam, para que eu compreendesse melhor a insistência do Rodrigo.

— Entendo qual é a dele. Qualquer cara depois de algum tempo de namoro vai querer encarar isso, é ou não é? Mas você tem toda razão, Gabi, sua hora ainda não chegou. E tenho que concordar: ele precisa ir devagar e te entender.

— Conta pra mim, como é que a coisa rola com vocês, garotos? Todos dizem que nós amadurecemos antes de vocês, mas a impressão que eu tenho é que vocês começam a transar antes que a gente. Pra vocês catorze anos é cedo ou tarde?

Ele parou de comer. Sorriu de um jeito malandro e coçou a cabeça.

— Sabe, gata, vou te contar um segredo, mas é sério: tem que ficar só entre nós dois. Por favor, jamais conte isso pra ninguém.

— Tudo bem — aceitei curiosa.

— Começamos cedo porque nós mesmos nos cobramos. Se você está numa turma, fica difícil segurar que seu amigo aí na frente já sabe das coisas e você continua calejando a mão — enquanto eu ria, ele foi adiante. — Na maioria das vezes, começar cedo é uma droga, e pior ainda é que nenhum de nós admite isso abertamente. Olha, Gabi, eu já transei e já faz um tempinho isso.

— Uau, cara, você já transou? — me assanhei. — E já faz um tempo?

— É verdade, sim. Mas a coisa não rolou legal! Foi um lance muito esquisito, rolou lá em Cleveland, numa festa muito louca a que meus primos me levaram. Aí pintou aquela menina meio que maluca e... Bem, foi um lance esquisito, cheio de medo!

— E desde então, rolou mais alguma coisa?

— Não, não rolou mais, não. Só vai rolar quando for com uma pessoa legal.

— Ah, se liga, João! Qual é o garoto que não quer começar cedo? A primeira vez deve ser esquisita mesmo, você tem mais é que ficar orgulhoso!

— Eu esperava mais, é isso! Acabou sendo diferente do que eu imaginava. A frustração foi muito grande.

Ouvir aquilo me fez muito bem. Várias das minhas amigas, que já haviam tido suas primeiras experiências, admitiam que tinham sido frustrantes e por vezes doloridas. Reforçou dentro de mim a certeza da minha opção.

— Mas se liga numa coisa — retomou ele, me sorrindo com uma malícia graciosa. — Eu tenho certeza de que daqui a algum tempo isso vai acontecer com uma pessoa maneira. Quero que seja um lance descolado, gostoso, cheio de emoção, como acho que tem que ser! Seria... Como eu posso dizer isso? Seria um... privilégio... se esse lance acontecesse com alguém especial. Alguém assim... como você!

Nunca fiquei tão embaraçada na minha vida como naquele instante. Parei de comer e cobri meu rosto com as mãos. Que, por certo, estava vermelho.

— Gabi, olha pra mim — pediu ele segurando minha mão. — Desculpe se peguei pesado, eu não quis ofender. Foi mal!

— Você não me ofendeu, não — confessei, ainda sorrindo acanhada, após dar um longo suspiro de deslumbramento. — Pra falar a verdade... eu gostei do que ouvi. Só fiquei envergonhada porque eu não estava preparada!

Foi gostoso o que aconteceu entre nós naquele instante. Não tínhamos nenhum compromisso um com o outro, tínhamos nos dado somente alguns beijos, e, no entanto, eu podia sentir a energia gostosa que fluía entre nós. Eu poderia ter ficado ofendida. Mas percebi que ele não havia dito aquilo com segundas intenções. Entendi que era sua forma de mostrar quanto gostava de mim.

— Olha, eu não me importo que isso demore — acrescentou ele. — Mas se acontecer com você, caramba, eu vou ficar muito feliz! Posso ter esse jeito despachado, gozador, sei que sou mulherengo... mas eu gosto muito de você. Muito mesmo!

Trocamos um olhar cheio de ternura naquele momento, me senti leve e envolvida, como há muito tempo não me sentia. Deixei que aquela energia gostosa me tomasse. Não precisamos dizer mais nada. Ficamos nos olhando por uma eternidade. E o que senti foi sublime.

* * *

A noite poderia ter sido maravilhosa. Não fosse o que aconteceu assim que paguei a conta e começamos a passear pelo *shopping*. Vindo sabe-se lá de onde, Rodrigo apareceu absolutamente furioso e se colocou diante de nós dois.

— É impressão minha — disparou ele, quase espumando —, ou tá rolando um clima meio diferente entre os dois pombinhos?

— Vamos com calma — já fui dizendo apavorada, saltando à sua frente. — Ele é meu amigo, e fui eu quem o convidou pra sair.

— Ah, você convidou ele pra sair? E o palhaço aqui, como fica?

— Não confunda as coisas! Além disso, foi você mesmo que disse que ia pras baladas. Foi ou não foi?

— Como é que é? Vocês estão aí, no maior clima, e você me diz pra não confundir as coisas? Saia da frente, vou ter uma conversinha em particular com o moleque aí.

— Nem pense nisso! — berrei, arreganhando os dentes, tentando segurá-lo.

Mas Rodrigo era bem mais forte que eu, e, com um safanão, me colocou de lado. Eu esperava que João Guilherme já tivesse fugido e evitado a encrenca. Mas ele não só permaneceu firme como ficou injuriado.

— Pega leve aí, meu! Você quer machucar a Gabi?

— Se liga, idiotinha de brinco! Quem eu quero e vou machucar é você!

— Acho bom você se acalmar — retrucou João Guilherme, que embora fosse mais novo, tinha o mesmo tamanho de Rodrigo. — Eu não tenho medo de cara feia e sei me defender!

Bastou aquela declaração de guerra para que os dois quase se pegassem. Eu me atraquei antes com o

Rodrigo, com toda a força que pude, e berrei a plenos pulmões. O João Guilherme tentou me acudir e os dois chegaram a discutir um pouco mais, o Rodrigo ofendendo pesado, o João acusando-o de covarde. Mas felizmente logo apareceram dois seguranças que evitaram a briga. Apesar disso, com o *shopping* apinhado de gente, era evidente que o bate-boca chamasse a atenção e criasse algum alvoroço.

Conversei com os seguranças, expliquei o que tinha acontecido — claro que contei a versão mais conveniente para mim — e consegui convencê-los a me deixar resolver o problema. Chamei o Rodrigo de lado.

— Eu vou levar o João pra casa — Rodrigo ameaçou bravejar, mas eu não deixei. — É isso mesmo, e você fica na sua! Depois a gente conversa.

Puxei o João Guilherme para dar o fora dali. No táxi, a caminho da casa dele, cheia de culpa, resolvi dizer alguma coisa.

— Cara, estou envergonhada. Foi mancada minha!

— Pode até ser, mas que cara metido.

— Eu não devia...

Não consegui completar a frase. Quase disse que não deveríamos ter saído. Mas pressenti que ele ficaria muito magoado. Havíamos experimentado um momento maravilhoso, e havíamos sido sinceros no que dissemos.

— Pela noite que foi — retomou ele, com um sorriso provocativo, comprovando meu pressentimento —, até valia a pena tomar um murro dele.

Achei incrível que ele ainda tivesse bom humor para fazer piada do susto.

— Vê se toma cuidado com ele — pediu João Guilherme.

Eu garanti que Rodrigo não me faria mal. Talvez até rompêssemos — e ao pensar nisso me deu um aperto no coração —, mas ele não seria capaz de me bater.

Fui para casa e mal tive coragem de me despedir do João Guilherme. Imaginei que ele se afastaria de mim por uma simples questão de se preservar e não querer arrumar encrenca com um rapaz mais velho.

13

Quando falta coragem

Na tarde do domingo, eu liguei para o Rodrigo e pedi para termos uma conversa. Ele ainda estava inconformado. E bateu o telefone na minha cara.

Fiquei muito ofendida, porque eu queria mesmo conversar com ele. Na segunda-feira, cheia de aflição, cheguei ao colégio e corri para falar com ele antes que a aula começasse. Nem me importei com a turma que nos rodeou para se divertir com a discussão.

— Como você acha que eu me sinto sabendo que você cai na farra com sua turma? E, além disso, ele é meu amigo desde o jardim de infância, quem é você pra me impedir de sair com um amigo?

— Ah, fala sério, Gabi! Que papo de aranha é esse? Como eu fico?

— Exatamente como eu fico quando você cai na farra! — berrei, sem me intimidar com aquela conversa machista.

— Olha aí, eu não gostei disso! Pegou muito mal!

— Daria pra gente conversar como gente civilizada?

— Não, não daria!

— Mas como você é babaca! — lamentei, irritada.

— Eu não gostei do que você fez!

— E eu não gostei por você ter ameaçado o João! — decidi contra-atacar.

— Você ainda defende o cara? Está mesmo rolando alguma coisa entre vocês?

— Não, Rodrigo, não há nada entre a gente e...

— Como nada? — berrou ele. — Vocês estavam de mãos dadas! Ou quase isso.

— Você viu demais! Não há nada entre nós e...

— ... e eu vou matar aquele bichinha folgado! — ele me interrompeu.

Aquilo foi o bastante para mim. Ouvir mais aquela ameaça escureceu minha vista e acabei por perder o controle. Comecei a disparar ofensas pesadas — e põe pesada nisso! —, coisas que eu jamais imaginei dizer para alguém, deixando a turma que nos cercava abismada.

— Acabou, Rodrigo — finalizei. — Não quero mais ver sua cara. Não sou mais sua namorada, e ai de você se encostar a mão nele!

Então, dei-lhe as costas. Não dando a mínima chance para que ele reagisse ou dissesse qualquer coisa. Mas eu fiquei paralisada quando ouvi uma voz grossa determinar: "Senhorita Gabriela Brunetti! Por favor, venha já até minha sala!".

Acabei levando a pior por causa daquela confusão. O diretor da escola tinha ouvido o meu repertório de ofensas e me deu uma advertência. Por causa disso, algumas horas mais tarde me vi levando uma dura daquelas dos meus pais.

— Mas Gabriela, você deu uma baixaria dessas na frente de todo mundo? — exaltou-se meu pai, incrédulo e com os olhos arregalados.

Ele foi me ver em casa no final daquele dia, chamado por minha mãe para ler e assinar a advertência. Ela também estava pasmada. Assustada com o que a advertência descrevia.

— Ele... Ele falou o que não devia — justifiquei, apavorada.

— Ele fez algum mal a você, Gabriela? Ou te ofendeu?

— Não, só foi uma discussão de namorados.

— Discussão de namorados? — berrou ele, lendo de novo a advertência. — Aqui diz: "Comportamento inadequado, exaltado, proferindo sérias calúnias e palavras de baixo calão em público!". E você chama isso de discussão de namorados?

Fiz um grande esforço para permanecer calada e aceitar o sermão com paciência. Tinha medo de que ele descobrisse os detalhes.

— Você não vai dizer mais nada? — insistiu ele, me testando.

Acabei tomando uma tremenda bronca dele, com direito a ameaça de castigo, antes de ir embora. Achei que seria só isso. Mas minha mãe resolveu me apertar. Assim que ele saiu, ela me puxou pela mão e me levou para seu quarto.

— Por acaso, isso tem algo a ver com o último sábado?

Eu tremi por inteiro. Como eu poderia mentir?

— Sim, teve — admiti.

Eu tive que contar para ela. Mas contei só do flagrante que o Rodrigo nos deu. Não mencionei a pressão que ele vinha fazendo para transarmos, porque também fiquei com medo de sua reação. Minha mãe ficou aborrecida com a história. E acabou dando razão para o Rodrigo.

— Eu sei que sua geração é diferente da minha — disse ela —, mas a dignidade das pessoas continua a mesma. Gabriela, você enganou o Rodrigo. Enganou e mentiu.

— Mas, mãe, e o que ele faz, não é a mesma coisa? Ele vai pra farra enquanto eu...

— Então termine seu namoro! — interrompeu ela com severidade. — Um erro não justifica o outro. Se você faz isso, você dá motivos para ele ter aquela reação.

— Tá bem, mãe — respondi irritada. — Eu terminei mesmo com ele.

Eu achava mesmo que tinha resolvido parte do problema. Estava arrasada por ter rompido meu namoro. Imaginava que bastaria conversar com o João Guilherme, pedir para que ele tomasse cuidado por alguns dias e evitasse encrencas. Só que eu tive uma surpresa na tarde do dia seguinte.

Estava fazendo meus deveres de casa no quarto, chateada e tentando me concentrar, quando a campainha tocou. Era o Rodrigo. Sorria e parecia muito mais calmo. Tão calmo que me beijou no rosto e pediu para conversar. Minha mãe apareceu e já foi dando uma bronca.

— Vocês dois não ousem brigar aqui. Rodrigo, eu lamento o que aconteceu e...

— Mãe, dá pra aliviar? — implorei apavorada. — Já contei o que rolou.

— Não vim pra brigar, não — confirmou o Rodrigo. — Tá tudo em paz, agora.

Ressabiada, minha mãe disse para termos calma. E nos deixou a sós. Fazia frio e me sentei com o Rodrigo ao sol, em um banco no pequeno jardim de minha casa. Era a primeira vez que eu o via angustiado.

— Desculpe pelo que falei — me antecipei —, mas, por favor, eu não quero mais brigar. Eu fiquei nervosa, mas você também forçou a barra.

— Tá legal, tá legal! Olha, eu só quero entender o que tá rolando. Por que você me tratou daquele jeito e por que não quer mais namorar comigo.

Eu poderia — e deveria — dizer que o que havia entre mim e o João Guilherme era coisa antiga, um sentimento forte. Jogar limpo, como disse o João. Por um instante não me pareceu uma boa ideia. Considerei que Rodrigo não teria capacidade de compreender. Enfim, eu me acovardei.

— Eu não tenho nada com o João Guilherme — menti, quase gaguejando. — Ele é um cara muito legal, e a gente sempre foi amigo.

— Se é isso então, por favor, não brigue comigo. Vamos continuar namorando e...

— Mas Rodrigo, não é só este lance que pega! Você não está sendo legal, está forçando a barra.

— Ah, você sabe o que eu quero.

Suspirei, ainda mais aflita, checando se minha mãe não estava por perto.

— Rodrigo, eu ainda não estou pronta pra transar! Você não está na minha pele pra sacar isso. Vai ser pior insistir, você precisa entender.

— Então você também precisa entender o meu lado.

Percebi que não tinha como discutir aquele assunto com ele. Eu estava confusa e não entendia que ainda não tinha maturidade para argumentar.

— É por isso que você quer brigar comigo? Por saber que eu vou pras baladas com meus amigos? Gabi, não pense que eu não gosto de você. Eu adoro você, adoro tanto que... que queria que esse lance rolasse com você.

Senti meu coração ainda mais apertado. Não tive como evitar a lembrança daquilo que João Guilherme havia dito. Que não se importava se aquilo demorasse. E que ficaria feliz se fosse comigo. Eu poderia ter compreendido o recado dos meus sentimentos. Mas eu estava muito dividida.

— Esquece o que eu falei! — afirmei enfim, me acovardando e dando um beijo em seus lábios, deixando-o mais alegre. — Vamos dar uma volta por aí!

Caminhamos por um bom tempo, conversamos e concordei em continuar o namoro. Ele me prometeu que não perturbaria mais o João Guilherme. Sentindo que as coisas estavam mais calmas, convidei-o a jantar conosco.

Quando voltamos, lá pelas seis da tarde, encontramos meu pai em casa. Ele tinha aparecido para nos ver, e meu irmão fazia a maior festa com ele. Meus pais conversavam com tranquilidade e sem mágoas. Quando nos viu entrar, ele cumprimentou Rodrigo como sempre fazia, me olhando de um jeito matreiro.

— Tudo bem com vocês dois?

Nós garantimos que sim. Meu pai disse então que, apesar do frio, queria nos levar para comer um sanduíche. Ele conhecia muito pouco o Rodrigo, e eu preferia que ele o levasse para casa para depois sairmos. Entretanto, meu pai imaginou que seria mais educado convidá-lo, ainda mais depois do que havia acontecido. Assim, lá fomos nós. No caminho, ainda pegamos a Sandra.

Já em nossa lanchonete favorita, nós conversávamos animados. Até que meu pai — que não fazia ideia que minha briga com o Rodrigo tinha a ver com o João Guilherme — me perguntou ingenuamente:

— E o primo da Sandra? Não viu mais?

Nem o Rodrigo, nem o Luciano perceberam como meus olhos ficaram saltados. Só a Sandra percebeu. Rezei para que ele não dissesse mais nada.

— Filha, falei com você. Perguntei do primo da Sandra. Aquele garoto que tinha ido viajar, como era o nome dele mesmo?

— João Guilherme — intrometeu-se Luciano, fazendo o Rodrigo parar de comer e arregalar os olhos, e ainda completando, para meu desespero. — Meu herói!

— Ele mesmo! Tem visto ou não?

— Só vi uma vez — gaguejei.

— Só uma? — insistiu o cretino do meu irmão, colocando tudo definitivamente a perder. — Mas e aquela tarde que ele foi em casa?

Eu não disse mais nada e senti, pelo suspiro do Rodrigo, que a trégua daquela tarde estava perdida.

Algum tempo depois, nós o deixamos em sua casa. Rodrigo me recusou o beijo de despedida. Senti que meu namoro estava por um triz.

Rodrigo me ignorou no dia seguinte. Uma vez mais, não me aguentando de ansiedade, procurei o João Guilherme na escola. Eu queria contar o que tinha acontecido e pedir para que tomasse cuidado. Procurei por um dia, dois, três. Só no quarto eu entendi por que estava tão difícil de achá-lo. Eu o encontrei num canto escondido da escola, onde muita gente usava para namorar no intervalo de aula.

João Guilherme estava nos braços de uma garota mais velha que nós dois, num namoro escandaloso. Assanhado até mesmo para a idade dela. Se fossem flagrados naquele momento, provavelmente sobraria uma suspensão para cada um.

Fiquei profundamente decepcionada. Embora eu esperasse mesmo que ele se afastasse para não arrumar encrencas com o Rodrigo, eu não contava que ele fosse se envolver com alguém depois do que nos dissemos no *shopping*. Alguma coisa dentro de mim me disse que João Guilherme não era tão sincero quanto eu imaginava e que estava aprontando comigo. Que eu não significava para ele tanto quanto ele dizia.

14
O valor da amizade

Sempre gostei de ser amiga da Ana Lúcia, e nem minha mãe conseguiu me afastar dela. É preciso conviver com ela para entender que a Ana Lúcia é uma companheira com quem sempre se pode contar. Afinal, que amiga sabe perdoar uma grande decepção que lhe causamos?

Rodrigo ficou furioso ao saber que João Guilherme tinha ido à minha casa e que tínhamos nos visto mais do que uma única vez como contei. Embora ele não soubesse de tudo, o seu sentimento de macho traído aumentou em muito o que havia acontecido. Para piorar, espalharam que a Ana Lúcia tinha armado para que nos encontrássemos na festa que o Rodrigo desprezou. Não vou negar, foi isso mesmo que aconteceu. Ainda assim, não dou ao Rodrigo direito de fazer o que fez.

Procurei o Rodrigo e insisti para que esquecesse sua cisma. Fui ainda mais cínica dizendo que não ficasse aborrecido com o que havia acontecido na lanchonete, que o comentário de meu pai e de meu irmão somente reforçava que não havia nada entre mim e João Guilherme, além de amizade. Ele pareceu aceitar minha explicação, e eu achei que tudo ficaria calmo. Mas ele me enganou.

Poucos dias depois, estávamos em turma numa manhã gelada, conversando no intervalo. O Rodrigo parecia tranquilo, não deu nenhum sinal de que aprontaria algo. Ele, porém, esperou que a Ana Lúcia chegasse ao meu lado e armou uma cena. Primeiro, ofendeu minha melhor amiga com um palavrão muito pesado que surpreendeu a todos. Eu tentei detê-lo, mas ele repetiu o mesmo gesto do *shopping*: me deu um empurrão e determinou que eu não me metesse.

— Essa enxerida precisa de uma lição!

Enquanto juntava muita gente para ver o salseiro, Rodrigo continuou a ofender a Ana Lúcia.

— Você é uma ordinária! Ordinária e falsa! — disparou ele, enquanto a Ana Lúcia permanecia paralisada. — Você não é boa companhia pra ninguém! Nem deveria estar nesta escola, você deveria ir pra uma escola do seu nível.

— Pega leve, cara — pediu ela. — O que eu fiz pra você me ofender assim?

— Qualé, Ana? Foi você quem armou o lance daquele loirinho com a Gabi, não foi? Você armou tudo pra me sacanear. Você não vai com a minha cara e quer que ela brigue comigo! É ou não é? Vai, confessa, sua tonta.

Eu deveria ter defendido a Ana Lúcia, e foi esta sua grande decepção. Na verdade, fiquei tão apavorada que não consegui dizer nada. Ficou no ar a impressão de que eu mesma tinha contado tudo para o Rodrigo.

— Não foi bem assim, não — retrucou ela disposta a enfrentar o Rodrigo. — Mas eu pouco me importo com o que você acha! Posso até ser má companhia, mas você é um grande idiota, e eu tenho pena dela.

— Olha aí, manera a boca! Senão eu quebro seus dentes!

— Você não é homem pra isso — desafiou Ana Lúcia, que também não era santa.

Eu e outras pessoas tentamos segurar o Rodrigo, mas ele partiu para cima da Ana Lúcia e deu-lhe um forte tapa no rosto. Se Ana Lúcia não gostava dele, agora o odiava. Ela saiu dali chorando, por certo muito decepcionada comigo.

Briguei feio com Rodrigo, berrei esganiçada na frente de todo mundo. E achei que ele saiu no lucro com a suspensão de somente um dia que acabou tomando por causa da agressão. Para mim, não sobrou nada, pois vários colegas testemunharam a meu favor.

Decidi ficar vários dias afastada da Ana Lúcia, respeitando sua mágoa. Logo depois do feriado de Corpus Christi, arrisquei uma aproximação. Aproveitei a chance quando a encontrei sozinha num interva-

lo. Ela fingiu que me ignorou. Eu a abracei e dei-lhe um beijo.

— Como foi de feriado? — perguntou ela secamente sem me olhar.

— Legal — respondi. — Eu e o Lu viajamos com meu pai e Sandra para o Rio de Janeiro. Mas se quer saber, eu senti muito sua falta.

Resolvi então ser mais corajosa, uma vez que ela pareceu não se importar.

— Aninha, nós somos chegadas demais pra deixar uma coisa tão ridícula nos atrapalhar! Deixe o orgulho de lado. Você ainda está muito magoada comigo?

— Só um pouquinho — murmurou ela.

— Eu sei que deveria ter defendido você. Fiquei com medo quando ele começou a te ofender. Você precisa acreditar em mim: não fui eu quem contou aquilo pra ele. Jamais faria uma coisa dessas!

Só então ela cedeu e olhou para mim.

— Não foi você quem contou pra ele, então?

— Não, não fui eu! — garanti. — Você tem que acreditar em mim. Aninha, eu adoro você! Você é minha melhor amiga, e eu tenho sentido muito sua falta.

— Tá legal, mas se liga, Gabi! Você vai perder o namorado e eu não quero...

— Então eu prefiro perder. Você é mais importante para mim que o Rodrigo.

Ela deu uma risada de satisfação e me devolveu o abraço. Depois disse:

— Eu também senti sua falta, sua tonta! Tudo bem, vamos deixar isso de lado. Mas eu torço muito pra você encontrar alguém melhor do que aquele mau-caráter.

Tive uma conversa séria com Rodrigo. Sob efeito da suspensão, e da dura que tomou do diretor e de seus pais, ele admitiu que havia exagerado, mas disse também que não ia pedir desculpas para minha amiga. Decidimos manter o namoro. Só que eu deixei bem claro que eu podia até deixar de ser sua namorada, mas que não abria mão da amizade com a Ana Lúcia.

15
Ainda mais confusa

Enquanto eu lidava com aquela confusão, o relacionamento com meu pai seguia melhorando. Parei definitivamente de implicar com ele e, seguindo o conselho de minha mãe, fiz de tudo para que nossos encontros fossem leves e gostosos. Foi uma surpresa compreender que a paz entre nós dois dependia mais de mim.

Aquela paz conquistada com meu pai, já fazia alguns meses, me permitia refletir um pouco mais sobre minha vida sentimental. Nas férias de julho, eu e o Luciano fomos para um acampamento em Campos do Jordão, e o afastamento de Rodrigo e João Guilherme me fez bem. Passei duas semanas só querendo saber de trilhas e de ler meus livros. O que fez bem para minha cabeça.

Quando voltei às aulas, comecei a me dar conta de que o Rodrigo já não me tratava da forma cativante que marcou nosso primeiro ano de namoro. Não conversava com calma e paciência, nem me abraçava e me beijava como costumava. Pior que tudo isso, sempre que podia, demonstrava sua mágoa pelas nossas brigas recentes e me cobrava uma maturidade que eu ainda não tinha. Comecei a suspeitar de que eu ainda o namorava muito mais por insegurança do que por gostar dele. E vice-versa.

A Ana Lúcia percebeu que eu estava ainda mais confusa e angustiada. E me deu um bom conselho:

— Se afaste dos dois. Faça isso por um bom tempo. E depois sinta no coração o que é importante pra você. Mesmo que você acabe sozinha.

No meio de agosto, João Guilherme voltou a me procurar. Telefonou para saber se eu tinha gostado de Campos do Jordão. Não deixei por menos: busquei meu gênio-cão e o critiquei pesado por tê-lo visto nos braços de outra garota, mesmo que várias semanas já tivessem se passado.

— Estou decepcionada com você. Quem é que me disse que gostava de jogar limpo? E aquele papo de ter paciência e de esperar a hora certa? Eu vi sua paciência, você tava quase engolindo aquela "zinha"!

Eu pensava que era dona da situação e que seria minha chance de ficar por cima. Foi então que ouvi o que eu precisava ouvir.

— Que moral você tem pra dizer que eu não jogo limpo? Pensei que você fosse mudar de parada depois do que o idiota do seu namorado fez com a Aninha.

— E quem foi que me disse pra pensar a respeito?

— Tudo bem — respondeu ele, dando uma risadinha irônica. — Enquanto você pensa a respeito, eu me dou o direito de viver minha vida.

— Então é assim que você diz jogar limpo?

— Gabi, sem essa de me fazer de tonto. Eu já disse que largo qualquer garota por sua causa. Mas você não larga daquele cara por mim.

— Você está sendo injusto. A coisa não é assim, "termina com ele e corre pra mim!". Pô cara, eu também gosto dele, e você não está no meu lugar p...

— Você quer é me enrolar — interrompeu ele. — Tem várias garotas atrás de mim; enquanto você não se decide, eu sou delas.

— Olha só, o moleque virou João Galinha, né? — zombei, invejando-o, e desejando que um monte de garotos estivesse atrás de mim. — Falando sério, cara, não foi à toa que eu não procurei mais você. Estou tão atrapalhada quanto antes de sair em férias. Você apareceu numa hora que minha vida está uma bagunça.

— Apareci pra descomplicar tudo isso — revidou ele, fazendo graça.

Eu ouvia sua voz, seu jeito de me encantar, e me dava uma vontade enorme de desligar o telefone e correr para a casa dele. Mas eu ainda estava insegura. Então me lembrei do conselho da Ana Lúcia.

— Escuta aqui, João, eu preciso que você se afaste de mim. Você não está me levando a sério.

— Me leve a sério que eu levo você a sério.

— É o que eu quero! Vocês dois estão me confundindo demais e eu preciso pensar. Dá pra entender?

— Não, não dá pra entender — respondeu ele, firme. — Você está com medo de dar um pé naquele besta e quer que eu fique te esperando. Vou dizer mais uma vez, gata, eu te adoro! Te adoro mais do que você imagina. Mas se você insistir em me fazer de palhaço, vai acabar me perdendo pra outra garota.

— Ah, não apela, João — me ofendi. — Por favor, me dá um tempo!

Percebi que ele finalmente se deteve. João suspirou e aceitou meu pedido.

— Ai, Gabi, tá legal, o que eu não faço por você? Mas olhe só, se você me pegar aos amassos com outra menina, veja se me entende e lembre que sou de carne e osso! Aliás, uma carne que muita garota tá querendo morder, tá?

— Seu calhorda! — disparei, embora caindo na risada, pois sabia ser provocação.

* * *

Comecei a pensar com seriedade em tudo o que estava acontecendo comigo. Minha mãe percebeu que eu andava diferente. O primeiro sinal foi não me ver mais tantas horas por dia ao telefone. Depois, minha expressão tensa e as cólicas menstruais que fazia meses eu não tinha. Ela esperou dois dias. No terceiro, após o jantar, veio conversar comigo no meu quarto.

— Vai, filha, conta pra mim, o que "tá pegando", como vocês dizem?

— É um rolo com o Rodrigo e o João Guilherme — respondi, depois de um momento de hesitação.

— Disso eu já sabia. Mas por que você está tão angustiada? Abre o jogo, o que está realmente acontecendo entre você e o Rodrigo?

Então eu resolvi me abrir. Decidida a tocar em detalhes que só Ana Lúcia sabia. Para minha grande surpresa, minha mãe ouviu tudo com muita paciência e sem se alterar. Não se assustou nem quando resolvi confessar algo mais íntimo.

— Sabe, mãe, não pense que eu não tenho vontade de saber como é esse lance de transar. Eu tenho amigas que já transaram, e isso mexe comigo. Eu e a Ana Lúcia ficamos acesas quando ouvimos as histórias delas. Sabe como é, né? A gente fica imaginando com quem vai ser, como vai ser, como e quando vai rolar... E também não pense que meu lance com o Rodrigo seja tão inocente assim! Tem horas que a gente se liga, se acaricia, se arrepia...

— Mas você ainda tem medo de ir adiante, é isso? — perguntou ela, sem demonstrar espanto algum com minha confissão, o que já me parecia admirável.

— Assim, tem meio a ver com os papos que eu tinha com o papai — emendei, muito sem jeito. — Principalmente sobre a hora de começar. Que cada pessoa tem um momento, que nem sempre as coisas rolam como queremos. Eu sempre tenho isso bem claro dentro de mim: ter certeza da hora certa e do cara certo. Pode ser bobagem, mas isso significa muito pra mim!

— Que bela demonstração de maturidade — ela alegrou-se. — Você faz bem em dizer claramente ao Rodrigo que ainda não é hora. E se ele não aceitar, problema dele.

— Então, mãe, agora você entende o que o João Guilherme representa pra mim. Estou confusa porque eu gosto do Rodrigo, mas ele anda me decepcionando.

— E você acha que o João não vai te decepcionar um dia? — argumentou ela.

— Ele já me decepcionou — admiti rindo. — Mas é diferente. O que eu quero dizer é que quando o papai saiu daqui, eu fiquei mal e pedi ajuda para o Rodrigo. Ele não soube me ajudar, pelo contrário, me deixou bastante chateada. Aí, um tempo depois, naquela tarde que o João apareceu aqui, fiz o mesmo com ele. O João me disse coisas incríveis. Principalmente me ajudou a clarear as ideias.

— E você gosta dele tanto quanto do Rodrigo?

Eu me obriguei a refletir um pouco antes de responder. Precisava ser honesta não só com minha mãe, mas principalmente comigo mesma.

— O que rola entre nós dois é muito antigo. Eu achava que ele já não mexia mais comigo, que tinha sido coisa de criança. Mas então a gente se reencontrou e... e cada vez que estamos juntos, sinto uma coisa muito gostosa.

Minha mãe sorriu docemente ao ouvir minha confissão sincera. Depois eu prossegui, já mais à vontade.

— É chato quando eu comparo um com o outro. Mas é que o João tem um jeito engraçadinho de mexer comigo, ele é safado e ao mesmo tempo carinhoso. Parece que ele me considera mais, será que você entende? Ele diz abertamente que gosta de mim. E também sabe como tocar meu coração.

Naquele momento ela riu-se abertamente. E me deu um abraço e um beijo.

— Pois é, minha filha, esta é a grande encrenca! Você está aprendendo que namorar é uma encrenca! Aliás, se relacionar com os homens é uma encrenca e não quer dizer que seja sempre uma coisa ruim.

— Mas é complicado, né mãe? Como confunde a gente!

— Uma relação a dois é isso, Gabriela! Há coisas boas e ruins. Não dá pra querer só as coisas boas. Veja o que está acontecendo comigo! Quem diria que o Newton e a Ingrid poderiam um dia se separar? Não é uma encrenca o que estou vivendo?

Gostei que ela fizesse aquela comparação de forma suave.

— Eu gosto do Rodrigo — retomou ela —, mas agora entendo seu fascínio pelo João Guilherme. Eu tinha o mesmo fascínio pelo seu pai. Você faz bem em refletir sem aceitar pressões.

Então ela me contou algo surpreendente.

— Sabe, eu liguei para a Ana Lúcia para saber o que tinha acontecido com você.

— Sério? — me espantei. — Você falou com ela na boa?

— Sim, filha, e fiquei bem impressionada com ela. Foi uma conversa ótima. Ficamos quase uma hora conversando e me dei conta do quanto ela gosta de você. Sabe, a Ana Lúcia está certa. Fique um tempo sozinha, e pense. Ponha a mão na consciência e avalie se já não é hora de mudar de vida. Veja seu pai: reformulou a vida dele, e parece que está bem.

— Quer dizer que você acha que ele se acertou com a Sandra? Pra sempre?

— Pra sempre? — retrucou ela irônica. — Eu não ponho fé nessa aventura dele.

— O que você quer dizer com isso?

— Isso que você ouviu — acrescentou ela. — Que ainda acho que ele está se iludindo.

Senti uma angústia que me deixou ainda mais confusa. Tive a impressão de que ela torcia contra a felicidade de meu pai.

— Voltando a falar de você — retomou ela —, é importante refletir sobre sua vida, olhar para as coisas que acontecem a seu redor, aprender com tudo isso, para entender por que seu pai toma as atitudes que toma, e por que eu tomo as atitudes que tomo.

— Falando em reformular a vida, e você, quando vai fazer alguma coisa da sua?

— Ainda não chegou minha hora — disse ela, com um sorriso misterioso. — Digam o que quiserem, prefiro ter cautela antes de tomar uma decisão.

— Tem a ver com esse papo de não levar fé na relação dele com a Sandra?

— Já falei demais! — encerrou ela com bom humor.

Eu fiquei pensando sobre o que ela disse. A meu respeito e a respeito dela. Achei bacana seus conselhos sobre minha indecisão e sobre reformular minha vida. Mas eu fiquei desapontada com a impressão que tive.

Demoraria muito tempo ainda para que eu entendesse aquelas palavras enigmáticas de minha mãe, e os acontecimentos futuros me mostrariam que eu estava enganada. Minha mãe não estava exatamente tramando contra a felicidade de meu pai. Tanto quanto eu, ela estava somente amadurecendo e compreendendo que tinha agido certo em não pressioná-lo como eu queria.

16

Um novo pai

Sentindo-me encorajada pelas palavras de minha mãe, resolvi também pedir um tempo para o Rodrigo, da mesma forma que havia feito com João Guilherme.

— Como assim dar um tempo? — estranhou ele, fingindo não entender.

— É isso que você ouviu, um tempo. Estou confusa, dá pra entender?

— Mas, confusa com o quê?

— Coisas de mulher — despistei, rindo do cinismo dele.

— Como é que é?

— Você anda me tratando muito mal. E nem percebe.

— Mas que frescura é essa? Você acha que consegue ficar longe de mim?

A reação dele não me surpreendeu, mas eu estava determinada a cumprir o afastamento a que eu tinha me proposto. Tomei a questão a sério e não dei bola para suas provocações. Ele bem que tentou me persuadir, mas eu resisti.

Do outro lado, João Guilherme cumpriu o que eu havia pedido. Quando nos víamos ele sorria e me dava um aceno, nada mais que isto. Não me ligou, não me mandou sequer um *e-mail* e não apareceu em casa. Mas o que mais me impressionou foi saber que ele não se envolveu mais com outras garotas.

Certa manhã de domingo, bem no começo da primavera, eu, meu pai e a Sandra fomos ver o Luciano jogar futebol na escola dele. Seu time teve um

jogo difícil, ganhou apertado, e Luciano até fez um gol bonito.

Durante aquele jogo, admirando meu irmão, eu refleti sobre o ciúme que sentia dele e que aos poucos diminuía. Pela primeira vez, admirava a relação dele com meu pai.

Enquanto esperávamos que ele tomasse banho e se trocasse, a Sandra me surpreendeu e perguntou como eu estava lidando com "meus dois pretendentes". Deduzi que ela devia ter se encontrado com o João que contou tudo que estava acontecendo. Eu poderia ter ficado aborrecida, mas entendi que ela não queria me provocar. Contudo, aquele comentário aguçou a curiosidade do meu pai.

— Uau, então a coisa está assim e você não comenta nada comigo?

Ele insistiu em saber o que estava acontecendo e disse que poderia ajudar mais do que eu pensava. Meio acanhada, acabei confessando que eu estava dividida entre o Rodrigo e o João Guilherme. Mas não contei os detalhes mais picantes que tinha revelado para minha mãe, nem as discussões com os dois. Ele sorriu com doçura, olhou para Sandra como se dividisse algum segredo, e me disse:

— Eu posso imaginar o que acontece. Quando você está longe do Rodrigo, morre de saudade. Então ele liga, ou você liga pra ele, você lembra de momentos gostosos, dos abraços, dos carinhos, talvez de coisas mais excitantes...

— Pai — disse eu, rindo de seu gesto cômico —, não exagere. Não fomos tão longe!

— Ora, e como é que vou saber? Mas, prosseguindo, quando vocês se procuram, cheios de ansiedade, vocês se curtem, se beijam, se juram amor, imaginam que superaram aquela fase ruim, mas então suas diferenças e suas mágoas falam mais alto. Vocês se lembram de seus defeitos, se lembram de uma coisa que o outro fez de errado, então se jogam coisas na cara, se irritam, e voltam a brigar.

Naquele instante, eu pensei comigo mesma: "E não é que o velho pegou melhor que ninguém o que se passa comigo?".

— Se não bastasse — prosseguiu ele —, seu pai se separou de sua mãe, e você ficou por conta com ele. E para complicar mais ainda, aparece outro garoto por quem você se desmancha. Que não força a barra, que tem outro jeito de lidar com as coisas, que sabe te desmontar. Como é que você poderia não ficar dividida? A vida é isso, minha filha, quem disse que as coisas iam acontecer em ordem, tudo a seu tempo? Veja o que aconteceu comigo, você acha que foi fácil tomar a decisão que eu tomei?

Se o que ele havia dito já tinha me deixado surpresa, ouvir a última frase me deixou assombrada.

— No meu lugar, o que você faria? — arrisquei.

Ele sorriu, suspirou e disse:

— Filha, somos duas cabeças diferentes, que adolescemos em épocas diferentes. Não sei como responder. Honestamente! E, além disso, é enfrentando problemas como este que se amadurece. Minha decisão talvez não fosse a melhor para você.

A conversa com meu pai me fez tão bem que decidi me abrir mais com ele. Alguns dias depois, propus que jantássemos só nós dois. Foi difícil convencer o Luciano de que eu precisava ter aquela conversa. Meu pai me levou a um restaurante japonês e achei curiosa a coincidência.

— Ora, veja só — admirou-se ele —, então você já conhece *sashimi?*

— Sim, já comi duas vezes — respondi —, mas os lugares não eram tão sofisticados quanto este restaurante. E, da última vez, deu uma confusão das grandes!

— Como assim? — perguntou ele, achando graça.

Só então resolvi contar para ele tudo que estava acontecendo entre mim e "meus dois pretendentes". Sem omitir nenhum detalhe, falando inclusive das encrencas e do motivo da minha advertência. Quando contei um pouco mais sobre o João Guilherme, percebi seu sorriso diferente. Como se quisesse dizer algo.

— Uma coisa me passou agora pela cabeça — disse ele, diante da minha insistência. — Você nem fez quinze anos e já está entendendo o que eu passei. Você evita dizer, mas o João Guilherme, em algum momento da sua vida, mexeu com você. Assim como a Sandra mexeu comigo. Estou falando de amor.

Fiquei perplexa, porque fiz de tudo para não dar a entender que o sentimento era aquele mesmo. Mas também porque ele não estava fazendo pouco caso da minha confissão, como eu imaginava que faria. Só que meu novo pai, o pai de coração aberto, que ousou reformular sua vida, até nisto me surpreendia.

— Olhe pra mim! — ele foi adiante, afagando meu queixo. — Não tenha medo disso. Não sei se é uma paixão ou um simples afeto, mas não se importe com o nome. Viva isso agora e sem medo. E quantas vezes você sentir que deva. Para que você não precise fazer isso com quarenta e poucos anos. E magoar sua família.

Como eu poderia resistir a palavras tão doces? Eu precisava mostrar a meu pai o quanto ele era importante para mim. Ele não teve como evitar. Abri um sorriso gostoso e, num movimento rápido, dei um beijinho em seus lábios. Depois, caí na risada. Vendo sua cara vermelha.

— Ah, Gabriela, que presente você me deu! Que bom saber que você está em paz comigo. Porque eu posso até não demonstrar como você gostaria, mas não duvide do meu amor por você. Eu amo você mais do que qualquer pessoa.

Fiquei mais comovida ainda. Sem medo, acariciei seu rosto.

— Você já me perdoou, afinal de contas?

— Esqueça isso, pai. Entenda que no começo foi duro.

— Eu entendo. E olha, não pense que estou totalmente em paz, não!

— Como assim? Você não está bem com a Sandra?

— Estamos bem, mas a falta de vocês me aperta muito. Até me separar de sua mãe, eu tinha vocês três sempre ali, e aquilo era tão normal, tão natural, que eu não me dava conta do que tinha. Agora eu só conto com a Sandra. E ela não pode suprir o que todos vocês significam para mim.

— Se tem uma coisa em você que acho descolada — me arrisquei a dizer —, é ver como você mudou. Você nunca foi um pai tão legal como tem sido! Será que devemos agradecer este novo pai à Sandra?

— Não é bem assim. Eu também devo muito à sua mãe.

— Mas será possível que você ainda está com a mamãe na cabeça?

— Eu nunca deixei de gostar da sua mãe — respondeu ele com naturalidade.

— Tudo bem — emendei sem mágoa —, mas você agora está com outra mulher.

Ele sorriu diante do meu comentário. Talvez encabulado.

— Conte pra mim: você disse que não estava assim tão em paz, mas lembro que você saiu de casa atrás de sua paz de espírito. Você a encontrou, afinal de contas?

Eu não fiz aquela pergunta para provocar. Tanto que ele compreendeu.

— Não sei se dá para responder isso. Está me fazendo bem a chance de voltar a conviver com a Sandra, discutir, saber o que dava tão certo entre nós, e o que deu errado. Compreender que o tempo deixa marcas e que não é possível fingir que elas não existem. Mas também comecei a entender que não é bem ela que pode me dar essa paz de espírito que eu procuro.

— Como assim?

— Uma das coisas que a Sandra me fez compreender é que eu precisava enxergar você como pessoa, não mais como criança. Por isso tenho tentado tanto conversar com você, de igual para igual.

— Vocês dois estão bem, pai? — indaguei, intrigada com suas palavras.

— Estamos bem, sim! Mas a Sandra está me surpreendendo. Porque ela, a todo momento, me faz questionar coisas que eu jamais sonhei questionar.

— Como o quê, por exemplo?

Ele novamente se deteve. Desta vez se demorou para responder, ficando por algum tempo com o olhar perdido. Depois, apertou minha mão e disse:

— Que, para mim, ser pai era muito mais importante do que eu imaginava!

Eu pensei naquelas palavras por um instante. E não tive medo de dizer:

— Então está respondido: devemos agradecer este novo pai a ela.

— Não! — corrigiu ele com doçura. — Agradeça à sua mãe!

Adorei aquela conversa. Mas também fiquei cismada com aquelas confissões inesperadas. Foi só quando ele me deixou em casa que me dei conta do que ele havia falado: ele não sentia falta apenas de mim e do Luciano.

17
Matando saudades

Já fazia mais de oito meses que meu pai havia saído de casa e estávamos em plena primavera. Nesse período, tínhamos visto bastante os pais de minha mãe, meu avô Aurélio e minha avó Berta. Só que ainda não tínhamos visto os pais do meu pai, meu avô Nelson e minha avó Maria Estela, que moravam em Valinhos, uma cidade muito perto de Campinas. Eu e meu irmão convivíamos pouco com eles, o que era uma pena, pois eles são pessoas incríveis. Temos recordações maravilhosas das vezes que ficamos com eles.

Meus avós paternos são pessoas simples e que não perderam a humildade nem depois que meu pai se tornou um médico famoso e passou a ajudá-los. Minha mãe sempre se deu bem com eles, e eles se admiram muito. Ela vive dizendo que meus avós são uma influência muito boa para mim e para meu irmão e adora quando passamos o dia de Natal com eles. Algo que não aconteceria naquele ano.

Para nossa grande surpresa, meus avós decidiram aparecer em casa numa tarde de sábado de outubro. Vieram fazer uma visita, dizendo que estavam com muita saudade. Chegaram trazendo a alegria que lhes era peculiar, além de uma caixa de trufas para cada um de nós, feita pela própria vó Maria Estela. Ela sabe fazer doces incríveis e até consegue ganhar algum dinheiro com encomendas.

Estranhava que meu pai se dissesse um sujeito "sem paz de espírito" tendo pais tão generosos e de bem com a vida. Este pensamento me ocorreu enquanto conversávamos, lamentando o tempo que fi-

camos afastados e os dois insistindo para que eu e o Luciano passássemos um fim de semana com eles.

— Antes que vocês cresçam e esqueçam que têm avós! — disse minha avó, fazendo graça de um jeito que só ela sabia fazer.

Imaginei que ficaríamos naquela conversa leve, que não tocaríamos na questão da separação. Apesar disso, eles resolveram abordar o assunto.

— O Newton nos contou — emendou meu avô — que você tinha reagido bem, Ingrid. Custamos a acreditar e fazia muito tempo que pretendíamos fazer uma visita. Não preciso dizer quanto gostamos de você. Mas vendo você deste jeito, tenho que dar razão a ele. Você está ótima!

— Pois é, seu Nelson — disse minha mãe. — Sofri um pouco no começo, mas agora as coisas se acomodaram e estou melhor. Mas sobre o tempo que não nos vemos, admito que a culpa é minha também. Eu deveria ter ido com as crianças visitá-los. Eu estava com saudades de vocês!

— Ficamos muito aborrecidos e chocados com a separação.

— Procurem compreender o Newton — retomou minha mãe, achando graça. — O reencontro dele com a Sandra o deixou confuso, que é que eu posso fazer? Posso entender seu aborrecimento, seu Nelson, mas não pense que fui tão compreensiva, assim! Tivemos nossas discussões. Vocês sabem que o Newton é imaturo.

— E como sabemos! — admitiu minha avó, novamente fazendo graça com um gesto cômico com os olhos.

— Mas é a vida dele. Ele precisava demais se resolver. Ele teve coragem para isso.

— Essa moça sempre confundiu as ideias dele — reclamou minha avó. — Jamais gostei dela, mas eu tenho pensado muito se fiz bem dando um breque naquele namoro. Talvez se eu tivesse sido mais flexível...

— Talvez tivesse sido melhor — emendou minha mãe. — Talvez eles estivessem casados, felizes e não estaríamos aqui.

— Ou talvez eles já tivessem resolvido essa lengalenga há muito tempo! — insistiu minha avó, fazendo novamente uma carinha engraçada, que fez minha mãe rir e dar-lhe um beijo no rosto. — Mas não vamos falar disso. O Newton está muito diferente, você não tem percebido, Ingrid?

— Já faz algum tempo que não conversamos — respondeu minha mãe, estranhando o que minha avó dizia. — A gente tem se falado muito brevemente, não mais que isso. Mas a Gabriela e o Luciano têm mesmo comentado que o pai mudou muito. Tenho que admitir, a Sandra fez bem para ele, afinal de contas. Ele deve estar feliz.

Eu bem que tive vontade de comentar sobre a conversa que tive com meu pai semanas antes, num jantar que jamais vou esquecer. Dizer que não era bem assim, que ele estava diferente, mas um pouco hesitante também. O bom-senso me disse para guardar aquilo comigo.

— Não sei dizer se ele está ou não feliz — retomou meu avô. — Ele demonstra estar bem, mas sinto que ele está diferente. Ele anda meio... enigmático.

— Como assim, seu Nelson? — estranhou minha mãe, achando graça na definição.

— Minha querida — disse ele, tomando as mãos dela —, eu conheço meu filho. Dele, você pode esperar qualquer coisa. Por isso, vamos esperar mais para ver.

Foi muito engraçado o que senti naquele momento. O que eles conversavam não tinha nada a ver comigo. Mas assim que eu ouvi aquela advertência do vô Nelson, que minha mãe não entendeu e não tomou a sério, eu me convenci de que eu era mais parecida com meu pai do que eu mesma imaginava.

— E você, meu amor — prosseguiu meu avô, me pegando desprevenida com um afago no rosto —, está aí quietinha, só ouvindo? Como você cresceu, Gabriela!

— Deve estar pensando nos namorados! — disse minha mãe para me provocar e me deixar encabulada.

— Namorados? — assanhou-se meu avô. — Como assim, Gabriela?

— E se metendo em confusões — cutucou meu irmão.

— Que você me arruma, né? — retruquei, sendo mais graciosa do que vingativa.

— É! — respondeu ele, fingindo que se apavorava, fazendo graça e provocando risadas em todos nós. — Dei um tremendo fora na lanchonete, né?

Ainda conversamos sobre muitas outras coisas e foi uma tarde muito agradável. Mas aquele dia ainda me reservava outras emoções.

18

Coisas de garotos

Na noite daquele mesmo sábado, tive uma festa. Era o aniversário de um colega da escola muito admirado, o Zé Carlos. Foi no sítio da família dele, perto de Campinas. Com uma noite de lua cheia e um calor inesperado, apareceu muita gente. Fui com a Ana Lúcia e um grupo de amigas. Eu sabia que o Rodrigo estaria lá. Seria inevitável que nos víssemos, mas resolvi enfrentar a situação.

Na festa, entre um agito e uma dança, comemorei com a Ana Lúcia que minha mãe começava a mudar de ideia sobre ela.

— Mais um pouco, e vou te levar pra dormir em casa.

— Ah, deixa isso pra lá! — dizia ela com modéstia, embora eu soubesse que aquele convite a deixaria muito feliz.

Também contei dos meus avós e sobre as conversas que vinha tendo com meu pai. Da paz que desfrutávamos. Ela se alegrou.

— Tá vendo, Gabi? Você precisava dar um tempo pra ele! Agora que a vida dele deixou de ser aquela confusão, ele pode mostrar quanto vocês são importantes. Veja nossos amigos que também têm pais separados, quantos tiveram esta sorte? Seus pais estão em paz, a vida segue, e vai chegar uma hora que sua mãe também vai encontrar um cara legal.

Minha mãe encontrar um cara legal! Eu gelei. Quase me irritei com a Ana Lúcia, mas no momento seguinte percebi que ela estava apenas desejando que minha mãe fosse tão feliz quanto meu pai.

Quando meus pais se separaram, eu torci para que ela se vingasse do meu pai, e arrumasse um namorado bem bonito. Daqueles que fazem as mulheres babarem e os homens morrerem de inveja. Mas nunca pensei que isso pudesse ocorrer. Não sabia como eu reagiria quando minha mãe aparecesse com outro homem.

Naquele mesmo instante, uma de minhas amigas apareceu toda aflita para nos contar que alguns garotos já tinham bebido além da conta. Haviam achado uma caixa de bebidas nos fundos da casa, e já estavam embriagados.

Não dei importância ao fato porque, enquanto ela falava, eu avistava o João Guilherme. Ao mesmo tempo que me alegrei, também me afligi, não sabendo como deveria agir. Se cumpria o que eu havia me proposto — e já fazia semanas que não nos falávamos — ou se dava uma trégua. Além disso, eu também não sabia como o Rodrigo reagiria ao vê-lo. Ele sorriu, e não teve medo de vir falar comigo.

— E aí, tudo em cima? — perguntou ele, me dando um beijo no rosto.

— Tudo, e você? O que tem feito de bom?

Ele relutou em responder. Mas depois disparou:

— Tenho esperado. Mas acho bom você não demorar muito.

Estava dito. Provoquei, pensei comigo, mereci ouvir aquilo. Eu estava tendo o afastamento que pedi, estava tendo a chance de refletir e até ali não tinha conseguido nada de produtivo. Ainda estava enrolada.

— Você fica chateado se eu pedir mais um pouquinho só?

— Sabe o que é, Gabi, tenho que ser honesto. Jogar limpo, como sempre digo. Apareceu uma pessoa que me balançou. Entendeu?

Eu o odiei naquele momento. Lembrei-me de quando ele me disse que eu poderia perdê-lo para outra. Preferia que ele não tivesse dito aquilo. Aborrecida, dei-lhe as costas e voltei para o lado de Ana Lúcia.

Não percebi como tudo começou. Só ouvi um rebuliço atrás de mim, e uma garota gritando. A Ana Lúcia me segurou e disse para que não me atrevesse a me meter. Rodrigo estava discutindo feio com João Guilherme, dando empurrões, tentando dar-lhe tapas e chutes. Dizia muitas bobagens, fazia ofensas pesadas, ameaçava partir para a briga, enquanto João tentava acalmá-lo. Como não poderia interceder? Ignorando minha amiga, eu corri com a intenção de evitar o pior, mas o próprio João Guilherme berrou para que eu não chegasse perto.

— O cara tá completamente bêbado, Gabi!

Era verdade. Rodrigo tinha os olhos saltados, vermelhos, mal se aguentava em pé, e estava furioso.

— Faz tempo que eu quero acertar as contas com você, seu merdinha! — provocou Rodrigo, com a voz de quem estava muito embriagado.

— Já disse, cara, eu não quero encrencas com você.

— Mas eu quero! Quero te encher de porrada! Fazer o que eu não fiz no *shopping*.

— Fica na sua, cara, eu tenho seu tamanho e sei me defender.

— Quero ver você se defender, mocinha! Vou quebrar sua cara e arrancar seu brinco!

— Olha aí, galera, segura o cara, ele está bêbado! Se algum de vocês é amigo dele, segura o cara! Se ele chegar mais perto, eu vou bater pra machucar!

Mas ninguém se atreveu a segurá-lo. E o pior aconteceu. Rodrigo foi para cima de João Guilherme. Estava fora de controle, e mesmo assim achou que poderia enfrentar o João que, embora um ano mais novo, era bem forte. Rodrigo chegou a dar um tapa e um chute, mas logo recebeu um murro na barriga e outro no rosto que o mandaram ao chão. Decidido, João chutou sua barriga, e finalmente montou em cima dele, disparando vários socos no rosto, fazendo Rodrigo sangrar muito. João só foi parar quando seus amigos saltaram sobre ele e o seguraram.

Fiquei chocada com a cena e nem liguei para o alvoroço da garotada que vibrava e queria ver mais sangue. Nunca tinha visto uma cena tão violenta. Na minha opinião, bastaria ao João parar no murro que desmontou Rodrigo.

Eu morri de medo de que a coisa acabasse numa briga geral, e de que o João Guilherme também se machucasse. Felizmente a confusão parou por ali mesmo. Os pais e alguns tios do aniversariante apareceram, e deram uma bronca geral, expulsando da festa aqueles quatro ou cinco amigos do Rodrigo que também estavam embriagados. Depois, o próprio João os ajudou a levar o Rodrigo, que estava desacordado, para dentro da casa. Eu fui junto, em meio à gritaria.

— Puxa vida, Zequinha! Que bagunça é essa?

— Calma pai, eu não ia saber que eles...

— Que raio de amigos são esses? Esses moleques roubaram nossas bebidas, você sabia disso? — e quando eles colocaram Rodrigo num sofá, o pai dele voltou-se para o João Guilherme, segurou em seu colarinho e berrou: — E você, moleque, como é que bate tanto assim nele? Olha só o estado que voc...

— Ah não, pai! — interrompeu o Zeca. — Pega leve com o João. Qualquer um faria isso. O Rodrigo estava ameaçando, ele se defendeu.

— Mas olha o estado que este delinquente ficou! Olha quanto sangue! O cara até perdeu um dente, olha aqui.

Eu percebia que o João Guilherme ficava cada vez mais assustado.

— Você fica aqui, Zeca, segura as pontas e acalma a moçada. Nós vamos chamar os pais dos dois e

vamos para um pronto-socorro — determinou o pai do Zeca, depois que arrumaram alguns panos e gelo. — Não quero saber de encrencas!

João Guilherme disse que não havia problemas. Que iria junto com eles.

Não havia o que eu pudesse fazer. Senti que minha noite tinha acabado. Ainda que Ana Lúcia ficasse o tempo todo dizendo para que eu o compreendesse, que João Guilherme tinha sido provocado e teve que se defender, não consegui evitar a mágoa. Então liguei para meu pai e pedi para que viesse nos buscar.

19
A decisão necessária

No domingo depois do almoço, apesar de angustiada, criei coragem e liguei para o Rodrigo. Quis saber como ele estava.

— Estou vivo! — respondeu ele, rindo. — E cansado de apanhar.

— Como assim? Vocês brigaram de novo?

— Não, não é isso. Meu pai ficou uma fera! Me desceu o chinelo!

— Seu pai bateu em você? — assustei, trêmula.

— Pela primeira vez na vida, se quiser saber! É que ele já estava passado com a suspensão. Aí, fui arrumar esse rolo, né?

— Mas e o pai do Zeca? Ele estava uma fera, disse que ia falar com os pais de vocês dois, deu a entender que faria queixa e...

— Ah, não aconteceu nada, não! O cara se acalmou. Ele me levou pro pronto-socorro e depois me trouxe pra casa. Mas fez questão de conversar com meu pai. E foi aí que eu tive que contar como nós descolamos as bebidas.

Ele ainda contou que tinha tomado dois pontos no supercílio, e só. Ouviu do médico que ele teve muita sorte por não ter quebrado o nariz, e ter perdido apenas um dente. Depois ele contou que não ficou só nas chineladas. Que estava de castigo, proibido de sair por um mês. Só então eu tomei coragem.

— Eu queria falar com você pessoalmente. Posso ir aí?

Ele pediu um tempo. Perguntou para a mãe se poderia receber uma visita rápida. Ouvi uma breve discussão até que ele explicou de quem se tratava. Seus pais permitiram, mas que fosse no máximo dez minutos. Desliguei e corri para minha mãe, que estranhou meu pedido.

— Filha — tentou ela me advertir —, já soube que houve uma briga ontem. Não seria melhor você se afastar um pouco dele? Olha, esse Rodrigo já...

— Tem tudo a ver com isso, acredite em mim!

Ela me levou até o prédio do Rodrigo em completo silêncio. Assim que chegamos garanti que não demoraria. Rodrigo me recebeu no jardim, muito envergonhado. Seu aspecto assustava. Tinha um olho roxo, um curativo no supercílio, o lábio e o nariz inchados. Foi triste vê-lo naquele estado. Sentamo-nos numa mureta. Fui direto ao assunto.

— Quanto você bebeu, Rodrigo?

— Caramba! Obrigado por se preocupar comigo.

Eu não me comovi. Permaneci olhando-o firme, esperando a resposta.

— Muito! O bastante pra não me lembrar de nada.

— Mas você se lembra por que você arrumou aquela briga?

Ele não respondeu, mantendo-se cabisbaixo.

— Você se lembra pelo menos por que você bebeu?

— Por favor, já ouvi demais dos meus pais.

Resolvi que não podia mais ser medrosa. Precisava tomar uma decisão que já tinha demorado demais para tomar.

— Rodrigo, pra mim acabou!

Eu fui preparada para dizer aquilo, e também para aguentar a discussão. Mas ele não moveu um músculo sequer. Como se já esperasse aquela decisão.

— Sinceramente, não dá mais. É melhor a gente parar.

Ele sorriu e me olhou com a doçura daquele Rodrigo que eu adorava.

— Você gosta dele? Fala sério, gosta pra valer?

— Eu mal tenho falado com o João Guilherme — respondi. — Pedi-lhe que se afastasse, e ele me respeitou. Mas você não. Você fez uma grande injustiça ontem. Depois de semanas sem nos falarmos, o João só veio me dar um oi.

Não sei se a risada dele foi de deboche ou de conformação.

— Rodrigo — retomei decidida —, pela última vez, não arrume mais encrencas com ele!

— Fique sossegada — tranquilizou-me, sorrindo com calma. — Eu já me entendi com ele. O João esteve aqui pela manhã.

— O João... C-Como é que é?

— Ele veio falar comigo e saber como eu estava. Quis conversar comigo na frente do meu pai. Não cansou de me pedir desculpas, garantiu que jamais tinha brigado assim, mas que lá na festa não teve outra saída. — E depois acrescentou rindo: — O cara até quer pagar o dente quebrado, veja só! Sabe, Gabi, achei a atitude dele muito legal. Legal e corajosa.

— E você? — indaguei, admirada.

— Estou morrendo de vergonha, como é que você queria que eu ficasse? Encho a cara e apanho de um moleque mais novo que eu na frente de toda a galera? Claro que aceitei as desculpas dele. E admiti que foi bobagem minha.

Fiquei contente por saber que eles haviam se entendido. Mas também percebi que ele se aproveitava para se fazer de vítima.

— Sinceramente, Gabi, eu esperava que você me perdoasse. Eu te adoro e eu fiquei com ciúme, você não sacou ainda? Tive medo de te perder.

— Ah não, Rodrigo, não dá mais! Faz tempo que as coisas não andam bem entre nós! A gente mais briga que se entende. — E, sem deixar que ele se defendesse, ainda disparci: — A gente precisa saber a hora de dar um basta. Você tem forçado a barra comigo, você tentou me jogar contra minha melhor amiga e, além de tudo, você está mais ligado em ir pras baladas com seus amigos do que ser meu namorado. Que mais precisa acontecer? Já deu, cara!

Rodrigo não soube o que responder. Ficamos em silêncio por muito tempo, sensibilizados. Até que ele se levantou e me tomou pela mão. Abraçou-me firme, tão firme quanto os abraços gostosos que ele me dava já fazia muito tempo. Depois me deu um beijo e eu não o evitei. Pois sabia que era a última vez.

— Tá bem, Gabi! — murmurou ele. — Eu não vou mais arrumar encrencas com nenhum de vocês dois. E, assim como você, eu vou partir pra outra.

Depois ele se virou e entrou. Naquele instante, eu me senti muito aliviada. Tinha acabado de resolver um grande problema.

No caminho de volta, minha mãe quis saber o que eu havia conversado.

— Acabei de dar o fora nele.

— E como é que você está? — perguntou ela, sem demonstrar surpresa.

— Aliviada como nunca — garanti, com uma ponta de dor no coração.

— Muito bem. Posso dizer três coisinhas?

— Quantas você quiser, tia Ingrid! — provoquei.

— Primeira, dou minha mão à palmatória. Uma vez mais eu conversei com a Ana Lúcia para saber o que tinha acontecido. Ela novamente foi formidável. Você tem razão, minha filha, sua amiga é mais legal do que eu pensava. Perdoe pelo julgamento errado que fiz!

— Uau, que maravilha! — comemorei. — Você falou com ela hoje de manhã?

— Sim. Conversamos bastante e depois falei com a mãe dela. Ela me disse quanto gosta de você. E quanto sentiu quando eu e seu pai nos separamos.

— Então você não vai mais implicar com ela? Posso levar ela em casa?

— Não vou implicar mais e pode trazê-la quando você quiser.

Eu berrei de alegria. Enquanto minha mãe prosseguia:

— Sei que fiz um julgamento errado, mas entenda que ela sempre me pareceu maliciosa demais. Eu me preocupava com você.

— Ah, dona Ingrid, que feio — provoquei, cheia de sarcasmo. — Você tinha era preconceito pelo fato de a família dela ser de uma condição social inferior à nossa. E também ficou encanada com aquele lance do pilantra do tio dela.

— Sim, filha — admitiu minha mãe, após suspirar. — Você tem razão.

Como era bom, pensei comigo mesma, ver alguém admitir seus erros.

— Segunda coisa — retomou ela —, você fez muito bem em terminar com o Rodrigo. Todos temos direito de errar, mas insistir neste namoro seria tolice. E, além disso, encher a cara com dezesseis anos para arrumar briga é inaceitável! Desculpe minha caretice, mas é o que penso!

— Caretice? Mãe, qualquer pessoa sensata tem a mesma opinião.

— Terceiro: você entende agora a importância de se tratar as coisas com civilidade? Tudo bem, eles são garotos, que garoto não briga uma vez na vida? Mas você consegue imaginar seu pai numa cena dessas? Arrumando briga sem motivo?

Eu sorri, compreendendo o recado.

— Quando este tipo de coisa começa a acontecer — prosseguiu ela —, é hora mesmo de terminar. Mas e agora? Você vai correr atrás do João?

— Não, não vou — assegurei. — Estou chateada com ele. Na festa ele me disse uma coisa que não caiu bem. E também não gostei do jeito que ele bateu no Rodrigo.

— Mas Gabi, você mesma disse que ele teve que se defender! A própria Ana Lúcia o defendeu, disse que ele reagiu como qualquer um reagiria.

— Mas a violência dele me assustou — confessei.

Minha mãe preferiu mudar de assunto. Seguimos conversando por muito tempo. Ela me consolando e contando de lances de sua vida. E eu recordando o que Rodrigo tinha sido, e tentando imaginar o que aconteceria comigo depois de ter tomado aquela decisão dolorida.

Um lado do meu coração me dizia que o caminho para o João Guilherme estava aberto. Mas o outro lado me advertia, lembrando que ele também tinha defeitos que me incomodavam.

20

Falando em jogar limpo

Alguns dias depois, eu me deparei com uma cena surpreendente assim que cheguei ao meu colégio. Encontrei no portão de entrada João Guilherme e Rodrigo conversando. Talvez não como amigos, mas como duas pessoas civilizadas. Encarei os dois com jeito de quem mal acreditava, e perguntei, provocando risadas:

— Isso é verdade, ou ainda estou na cama, sonhando, e não saquei?

Enquanto eles riam, dei um beijo no rosto de cada um. E gostei de ver o rosto do Rodrigo quase sem marcas.

— Posso ir tranquila pra aula? Vamos ter entendimento daqui por diante?

— No que depender de mim — disse João Guilherme —, sim.

— Já disse pra ficar sossegada, Gabi — garantiu Rodrigo.

— Legal! Então, a gente se vê.

Fiquei tão feliz que naquela mesma tarde esqueci minha mágoa com João Guilherme e lhe telefonei. Depois de algumas provocações mútuas — ele dizendo que era eu quem provocava a discórdia entre os garotos, e eu dizendo que era ele o metido a valentão — ele contou da bronca inesquecível que tomou dos pais por causa da briga, mesmo que jurasse que não era culpa sua. Principalmente seu pai, que se aborrecera ao saber do ocorrido pelo pai do Zeca, achando que o João estava entre os que beberam.

— Foi o próprio Rodrigo quem ligou pro meu pai e limpou minha barra — garantiu.

Decidi então matar minha curiosidade.

— O Rodrigo contou que no domingo você apareceu na casa dele pra conversar.

— É, eu fiquei com medo, não vou mentir — admitiu João Guilherme com humildade. — Soube que você ficou chateada comigo, e com razão. Perdi o controle, bati mais do que devia. Eu não consegui dormir naquela noite e achei melhor procurar o cara. Fui pedir desculpas. Quis deixar bem claro que não queria mais encrencas com ele. Legal que ele entendeu.

— É, legal mesmo.

Não sei ao certo o que me deu naquele momento. Senti-me leve e então cedi ao meu lado mais suave, que me impelia a me abrir com ele.

— Diz aí, cara. A gente pode retomar o papo? Acho que a gente pode agora...

— A-Acho melhor deixar pra lá — me interrompeu ele, gaguejando.

— Vai ficar me esnobando agora?

— Você bem que merecia — disparou ele. — E eu não quero mais encrenca.

— Mas que bobagem é essa, João? E aquela história de jogar limpo?

Ficamos um bom tempo naquele jogo, eu pedindo para ele ceder — embora eu não tivesse dito nada sobre o rompimento —, e ele reclamando que não queria mais conversar sobre nós dois. Cheguei a bater o telefone, para ligar em seguida. Ele insistia em não querer conversar, e eu não compreendia o que ele queria dizer. De tanto que o pressionei, João Guilherme ficou irritado. Como jamais havia ficado comigo.

— Por que você tem que forçar tanto a barra, Gabi? Tá difícil de sacar que eu não quero te magoar?

Magoar. Eu fiquei gelada. Sem ação. Sem respirar. Esperando pelo golpe.

— Eu estou namorando, Gabi.

— Você o quê? — balbuciei.

— Eu estou namorando — repetiu ele, sem deixar dúvidas.

Eu bem que quis dar um berro. Mas minha voz não saiu.

— Eu disse na festa que pintou alguém que me balançou. Eu cansei, tá sabendo? Depois daquela briga, me convenci de que não tenho chances, você não tá a fim de mim! Então deixei rolar. E olha, eu preferia que a galera te contasse.

— M-Mas como assim? — retomei inconformada. — Você me disse que ia esperar um pouco mais minha decisão e...

— Não dá mais, Gabi! Eu cansei, entendeu? Você está em outra, não há jeito de...

— João, você não está sendo justo comigo!

— Não estou sendo justo? Eu fiz de tudo pra te ganhar, mas você não quer saber de mim. E, além disso, não quero dar mais motivos para o Rodrigo querer me pegar.

Eu estava desiludida. Senti meu peito se partir e a garganta apertar. Mesmo assim, tive forças para dizer:

— Eu terminei com o Rodrigo. Ele não contou nada pra você?

— Você o quê? — exclamou ele, parecendo perplexo.

— Eu também fui falar com ele no domingo. E dei o fora nele. Disse que não dava mais. Ele... Ele não te contou?

Mesmo que não visse seu rosto, eu percebi que ele estava surpreso. Ele tentou abafar o telefone, mas eu consegui ouvir o palavrão que ele berrou. Segurando meu choro, fui adiante.

— Tudo bem, João. Tomara que seja legal pra você.

— Não, espera aí, Gabi — berrou ele, mais alto ainda —, não desliga, não!

— Deixa pra lá, João. Eu só queria dizer que... que...

— Que droga! — seguiu ele aos berros. — Por que você não disse isso antes? Eu não teria... quer dizer, eu... Olha aqui, Gabriela, joga limpo comigo, eu...

— Eu, jogar limpo? — protestei, quase chorando. — E você, João, jogou limpo comigo?

— Você precisa jogar limpo, sim! — insistiu ele, transtornado e aos berros. — De nós dois, só eu me abri e disse o que sentia! Até agora você se segurou, guardou aí dentro suas coisas, me enrolou e...

Eu ouvia e não compreendia o motivo de ele estar tão alterado. Ficava cada vez mais confusa, pois ele estava por cima agora. Por que estaria incomodado com o que eu acabava de dizer?

— Você vai ficar na sua mais uma vez, Gabriela? — insistiu ele, que raramente me chamava pelo nome. — Bote pra fora, me xingue, bata em mim se isso serve de consolo!

— Pena que você não está aqui — admiti, já soluçando. — Queria mesmo bater em você, seu... seu...

— Então aguenta aí. Vamos conversar frente a frente. Eu já chego aí.

— Esquece, João, deixa pra lá — pedi.

— Não, Gabi, espera aí, eu vou pra sua casa, chego aí num min...

— Não venha, João, porque não vou te atender! — disse eu, com firmeza.

— Ah, Gabi, por favor, diga o que acontece em seu coração. Pode ser?

Mas o que rolava em meu coração não poderia ser dito. Era hora de ter coragem e enfrentar as consequências. Afinal de contas, eu tomei a decisão que precisava ser tomada. João havia tomado a decisão que mais lhe convinha.

— Por favor, João, me deixe em paz. Essa doeu fundo.

Então eu desliguei. E caí no choro.

21

O namorado da minha mãe

De tão chateada e triste, acabei me afastando um pouco do meu pai. Quando conversamos ao telefone, nas semanas seguintes, nem sequer tive a sensibilidade de perguntar se ele estava bem.

Eu não tinha como perceber qualquer problema. Sentia-me em completa confusão. Relembrava sem parar as palavras de João Guilherme sobre ter certeza de que eu seria sua garota, que as outras garotas com quem saía não representavam nada comparadas a mim. Ouvir dele que estava namorando — e depois aquele jogo de cena por saber que eu havia terminado com o Rodrigo — reforçou minha impressão de que não era um garoto confiável. Minha mãe estava certa, afinal de contas. Ele também sabia me decepcionar. E daquela vez, eu senti bem fundo.

A Ana Lúcia me amparou muito naqueles dias de novembro, e minha mãe ficou sensibilizada com sua dedicação. As provas finais se aproximavam, e um período de melancolia poderia comprometer meu ano letivo.

Apesar de tudo, eu teria que esquecer o João Guilherme por um momento. Para pensar em meu pai. Depois de algumas semanas sem nos vermos, ele me convidou para caminharmos numa noite quente em que o Luciano estava treinando. Notei que ele estava um pouco emburrado, mas não liguei. Até que ele fez uma pergunta que me deixou de queixo caído:

— Gabriela, me conte uma coisa. Quem é o cara com quem sua mãe anda saindo?

— Como é que é? — perguntei, quase me engasgando com meu sorvete.

— Ela está saindo com alguém. Você sabe quem é?

— A mamãe saindo com um cara? Você tá falando sério?

— Foi o que me contaram e,... bem, eu fiquei aborrecido com isso. Porque se isso for verdade, preciso ter uma conversa séria com ela.

— Como assim? — indaguei, após um momento de hesitação, não entendendo o que ele havia insinuado. — Quer dizer que você pode se arrumar com outra e ela não?

— Não foi bem isso que eu disse! — ele tentou disfarçar. — Não quero interferir na vida dela, mas se isso for verdade, certas coisas serão diferentes.

Eu percebi que ele estava realmente aborrecido e achei melhor mudar de assunto. Só que de tão abismada que fiquei, eu fui conversar com minha mãe assim que cheguei em casa.

— Eu, saindo com um homem? — espantou-se ela, rindo e com os olhos saltados. — Mas que conversa é essa? Não faço a mínima ideia de onde ele tirou este absurdo!

— Mãe, se você saiu com alguém, pode dizer, não tem nada de errado e...

— Claro que não teria nada de errado — retomou ela com naturalidade —, mas isso não é verdade! Não imagino quem tenha inventado tal fofoca. Fique sossegada, não tenho namorado e não sei de onde ele foi tirar essa história.

Eu acabei não ligando mais para o caso. Disse para meu pai que esquecesse aquela história ridícula que tinha jeito de fofoca.

Não demorou para que entendêssemos o mistério. Mais uma vez eu não vi a cena e essa eu daria tudo, mas tudo mesmo para ter presenciado. Na noite da sexta-feira da semana seguinte, bem no meio de novembro, um fim de semana em que eu e o Luciano passamos com meus avós Nelson e Maria Estela, minha mãe estava num restaurante muito fino da cidade quando meu pai entrou feito um furacão. Ignorou o *maître* na entrada e a localizou.

Ela estava sentada numa mesa para quatro pessoas, e tinha um amigo à sua frente. Meu pai caminhou até os dois, parou ao lado da mesa e os encarou com jeito de maus amigos. Ele não teve nem mesmo o cuidado de checar se havia mais alguém sentado com eles, ou de perguntar quem seria aquele sujeito. Minha mãe não entendeu o que acontecia, deu boa-noite e se levantou para apresentar o amigo.

— Então é verdade? Você arrumou mesmo um namorado?

Minha mãe fechou o sorriso, lembrando-se do que eu dissera.

— Se você está de caso com alguém, você tem a obrigação de me dizer. Pois eu não vou ficar sustentando seus enroscos!

— Calma, que você está entendendo errado — tentou ela argumentar. — Eu não tenho namorado algum. Este é o Marcelo, marido da Natália, uma amiga minha e...

— E você quer que eu acredite nisso?

Meu pai estava alterado. Não se dava conta de que falava alto, e que o restaurante inteiro o observava. Minha mãe me contou que ficou aflita naquele instante, nervosa, pensando em como agir para evitar uma confusão.

— Calma, Newton, não se precipite! Você está entendendo errado. Ele é marido da Natália que já esteve em casa algumas vezes. Ela está logo ali na recepção falando ao celular. Você passou por ela e por certo não a reconheceu.

Também assustado, aquele homem se levantou e estendeu a mão, tentando acalmar meu pai.

— É isso mesmo que a Ingrid disse, doutor Newton. Eu sei que você não me conhece, mas a Natália, minha esposa, está ali atrás e...

— Eu não estou falando com você, colega! — berrou meu pai com estupidez, e, voltando-se para minha mãe: — Eu já mandei um recado pela Gabi, se você acha que vai ficar se enroscando e que eu vou sustentar isso, pode esquecer!

Minha mãe se convenceu de que ele estava fora de si. Não sabia se estava alcoolizado — meu pai nunca foi de beber além da conta —, mas era visível que ele não estava em seu perfeito juízo. Ela o abraçou pela cintura e pediu, com discrição, para que ele tentasse ficar calmo e saísse do restaurante com ela. Mas meu pai não a ouviu. Sem pensar, deu-lhe um empurrão. Depois, já provocando algum mal-estar entre as pessoas que assistiam a cena, ainda disse:

— Não toque em mim, sua ordinária!

Aquele foi o grande erro de meu pai. O amigo da minha mãe não aguentou a grosseria. Minha mãe me contou que ele deu um grande suspiro, levantou-se, aproximou-se do meu pai, colocou o dedo no nariz dele e o enfrentou:

— Acho bom você se acalmar! E pedir desculpas a ela.

— Quem é você, seu babaca — retrucou meu pai com os dentes arreganhados —, pra me exigir qualquer coisa?

— Quem é você, seu estúpido — devolveu o homem, tão alto quanto meu pai, não se intimidando —, pra vir aqui e humilhar a Ingrid em público?

Foi o bastante. Meu pai perdeu o controle e deu um murro certeiro na cara do sujeito. E tomou outro de volta. Os dois se agarraram, acabaram caindo em cima de uma mesa, depois no chão, derrubando copos, pratos, talheres e duas pessoas junto com eles, provocando uma bela confusão e algum estrago.

Foram imediatamente contidos pelos garçons e pelos seguranças.

Em poucos minutos, todos foram levados pelo gerente para o escritório da administração, enquanto os garçons acalmavam o resto do restaurante. Meu pai só se controlou quando minha mãe, aos berros, mostrou a Natália, que ele conhecia e que era de fato esposa de Marcelo. Só então meu pai caiu em si e percebeu a bobagem que havia feito.

Marcelo ficou revoltado. E extravasou sua indignação.

— Você não merece passar por essa vergonha, Ingrid. Eu exijo que este... que este animal me acompanhe até uma delegacia, porque vou registrar queixa!

O próprio gerente do restaurante implorou para que não chamassem a polícia e que agissem como pessoas civilizadas. Minha mãe chorava, e Natália garantiu que eles mesmos resolveriam o problema. Quando a situação estava sob total controle, minha mãe resolver atacar meu pai aos gritos. Sem se importar que os outros presenciassem sua cólera.

— Newton, você vai me explicar esse absurdo! O que deu na sua cabeça? Quem é que inventou esta história maluca? Você nunca fez nada tão irresponsável na sua vida, nem um moleque agiria dessa forma!

— Olha, Ingrid, eu não...

— Um dia desses — interrompeu minha mãe, transtornada —, eu elogiava você para a Gabriela, enaltecendo sua educação e generosidade! Dizendo a ela que não imaginava você em uma briga. Agora você apronta esta cena deplorável? Pode imaginar o que estou sentindo?

— Desculpe, Ingrid, mas é que eu...

— Eles são pessoas maravilhosas, não merecem passar por este constrangimento! Como vamos ficar depois disso?

Natália e Marcelo abraçaram minha mãe que chorou mais ainda, enquanto meu pai queria se esconder. Mas minha mãe continuou:

— Você poderia pelo menos pedir desculpas ao Marcelo. Ele não merecia isso. Você deu um murro nele! Veja como ficou a boca dele. Não era ele quem tinha que se machucar, era você que merecia perder todos os dentes!

Gaguejando, meu pai não sabia se estendia a mão ou se fugia dali. Conseguiu dizer, com muito desconforto, que se Marcelo permitisse, ele mesmo fazia questão de fazer um curativo em seu consultório, que não era longe dali.

— Você não precisa se preocupar com isso — garantiu Marcelo, muito mais calmo, aceitando o cumprimento de meu pai. — Não foi nada sério e qualquer farmácia pode cuidar disso. Eu só queria entender por que você não deixou que mostrássemos minha mulher.

— É que eu... eu estava nervoso — balbuciou meu pai, tentando se explicar —, e imaginei que... que vocês...

— Mas bastava perguntar: "Quem é esse cara?". Eu me apresentava e chamava a Natália, que você conhece, para confirmar. Qualquer pessoa sensata faria isso.

E meu pai continuava gaguejando.

— É que eu... Me disseram que... Quer dizer, eu pensei que...

— Eu sei que vocês estão separados há vários meses, e que você tem outra mulher. Qual seria o problema de ela sair com outro cara, mesmo que você estivesse pagando pensão? Você não tem o direito de impedi-la. Sua indignação não faz o menor sentido.

Minha mãe me contou que percebeu, naquele instante, que havia alguma coisa errada. Meu pai sentou-se de novo, escondeu seu rosto nas mãos, e suspirou. Depois de muito tempo, agora controlado, ele olhou longamente para o gerente, para Natália, para Marcelo e finalmente para minha mãe, e disse:

— Sinceramente, eu não sei o que aconteceu, nem mesmo como me desculpar. Nunca, jamais, a Ingrid está aqui de prova, eu fiz nada parecido.

— Doutor Newton — retomou Marcelo —, me desculpe a liberdade, mas para mim está bem claro o que aconteceu. Você ficou com ciúme!

Minha mãe me contou que jamais havia visto meu pai tão desconcertado, sentindo-se miserável, sem conseguir esconder a expressão de vergonha e constrangimento.

— Newton, você quer que eu o acompanhe? — propôs minha mãe.

— Nem sonhe com isso — garantiu ele, ainda mais envergonhado.

— Então quer que eu chame a Sandra?

— De jeito algum! Eu quero enterrar minha cabeça bem fundo. Quero dormir e esquecer esta bobagem. Se é que dá pra esquecer!

Meu pai sequer se despediu deles. Chamou o gerente de lado e pediu que o acompanhasse até a saída. À distância, minha mãe o observou pedindo desculpas. Depois ele assinou um cheque. E foi embora sem dizer mais nada. O gerente do restaurante veio então contar que ele havia pago todo o estrago. E a conta deles.

22 Sem perdão

Na manhã seguinte, minha mãe ligou para meu pai exigindo explicações. Disse que iria aonde ele bem entendesse, ao apartamento dele, ao consultório, se ele quisesse passar em casa que viesse, mas ela exigia uma conversa séria. Meu pai implorou para que ela o deixasse em paz.

— Estou indo para o seu apartamento agora — ameaçou ela, obviamente blefando, pois nem supunha onde ele morava.

— Não, Ingrid, não faça isso! Chego aí em meia hora.

Ele de fato chegou mais rápido que isso. Entrou cabisbaixo e evitou de todas as maneiras olhar para ela.

— Newton — disparou minha mãe, batendo a porta com força assim que ele se sentou —, você quer, pelo amor de Deus, explicar o que deu na sua cabeça?

Meu pai tentava, mas não conseguia suster o olhar, o que impressionou minha mãe.

— O Marcelo deveria mesmo ter ido à delegacia. O restaurante pode dar queixa contra você, aquela cena foi uma baixaria! Você é um médico conhecido, provavelmente havia pacientes seus ali, você tem ideia das consequências? Pode ter comprometido sua carreira.

Meu pai seguia em absoluto silêncio. Em total angústia.

— Você por acaso bebeu pra dar daquele vexame?

— Claro que não! — se defendeu ele, indignado. — Você sabe que eu não bebo.

— Então por que você aprontou essa? Aliás, como é que você sabia que eu estava lá?

Minha mãe contou que ele engoliu em seco e não respondeu.

— Você não tem o direito de me vigiar. Se você se ajeitou com outra mulher, por que eu não posso encontrar alguém?

— Então você está com alguém? — indagou ele, como se fosse uma criança chorosa.

— Não, não estou! Mas se eu estivesse, qual seria o problema?

Meu pai quis dizer alguma coisa. Contudo, ele seguia acuado.

— Newton, olhe bem pra mim. Eu sempre fui muito franca com você. Se eu tivesse alguém, é claro que eu ia conversar, por que não faria isso?

— E por que faria? — emendou ele, duvidando.

— Por muitos motivos. Pelas crianças, pela pensão que você me paga, porque eu estou atenta a isso, sim, mas também porque você me procurou pra falar da Sandra. Eu teria essa consideração.

— Olha Ingrid, é que eu...

— Foi por causa da pensão que você fez isso? — insistia ela no massacre. — Se for, diga agora, porque eu não preciso de sua pensão. Eu me sustento muito bem sozinha, e se você não quiser pagar nem a escola das crianças, pouco me imp...

— Ingrid, por favor! — protestou meu pai, com um pouco mais de veemência. — Não confunda as coisas, isso não tem nada a ver com a pensão.

— Então por que você armou aquela cena? Não foi você mesmo quem falou que não ia sustentar meus casos?

Uma vez mais, meu pai não respondeu.

— Você me faz passar a maior vergonha da minha vida — retomou minha mãe, sem deixar que ele falasse. — E eu estou até agora pensando no que o Marcelo falou. Que motivos teria você pra fazer tamanha bobagem?

Disse minha mãe que meu pai ficou pior ainda ao ouvir aquilo. Então, apoiou o braço no joelho, afundou o rosto na mão e pareceu chorar. Isso a assustou.

— Você está bem? Você quer alguma coisa?

— Se você pudesse me fazer um chá — pediu ele, agoniado —, eu agradeceria muito.

Intrigada, minha mãe foi fazer o chá de maçã que ele adorava. Meu pai bebeu com muito gosto — por

certo não tinha tomado café —, e pareceu se recompor um pouco. Depois suspirou, deu um tapa em sua própria perna e olhou bem fundo nos olhos de minha mãe:

— Você não faz ideia de como... como estou envergonhado do que fiz. De tudo o que tenho feito. De tanto aborrecimento que eu causei.

— Fazer-se de vítima não basta — desferiu ela, não cedendo na dureza. — Exijo que você vá até o apartamento deles, e se digne a fazer melhor do que fez ontem. Eles são grandes amigos e eu estou muito constrangida.

Contrariado, e demonstrando um desânimo incomum, ele concordou e pediu o endereço. Depois se levantou. Minha mãe me contou que, vendo que ele ainda estava mal, quase pediu para que ele ficasse mais, ou que fossem almoçar. Logo em seguida ela lembrou-se de que havia uma Sandra na vida dele. Ela provavelmente não sabia de nada daquilo e que devia estar aguardando Newton para curtirem juntos uma manhã gostosa de primavera.

— Se adiantasse alguma coisa — retomou ele, de novo encarando-a —, eu me ajoelharia para implorar seu perdão.

— Não quero que você se humilhe — devolveu ela ríspida, sem se comover. — Já disse, basta que você vá até a casa do Marcelo e peça desculpas formais.

— Fique sossegada, eu vou fazer isso. Mas eu não me referia a este erro.

Meu pai ainda passou os olhos, com bastante sofrimento, por toda aquela sala. Deteve-se mais demoradamente na foto de nós todos juntos na estante e disse:

— Eu vou procurar um advogado... para acertar nossa situação.

— Faça o que você achar melhor — disse minha mãe secamente, embora tivesse estremecido ao ouvir aquilo.

— Eu nunca mais vou importunar você. Isso é uma promessa.

E foi embora.

23  Um pai arrependido

Nos primeiros dias que se seguiram ao vexame, minha mãe ficou muito aborrecida e não fez comentário algum. Eu e Luciano percebemos que havia acontecido algo sério. Ela, no entanto, nunca guarda por muito tempo qualquer coisa que a aborreça. Após uma semana, a situação tendo voltado ao normal, resolvi saber o que se passava.

— Eu sei que rolou alguma coisa entre você e o papai. Se não fosse isso, ele não teria sumido desse jeito. Me conte, porque eu não vou dar sossego. Vocês discutiram?

Ela relutou, mas decidiu me contar. Fiquei chocada. Ela não escondeu nenhum detalhe e, quando terminou, disse que estava inconformada. Ela conhecia meu pai havia mais de vinte anos e nunca o tinha visto brigar.

— Você se lembra, Gabriela? Faz poucas semanas, quando da briga do Rodrigo com o João Guilherme, eu tinha elogiado a civilidade de seu pai. Veja só, ele acabou fazendo a mesma coisa. Fez papel de moleque.

Eu não sabia se ria ou se me desesperava. Mas concordei que era uma atitude estranha. Qualquer um que conheça meu pai sabe que ele seria incapaz de uma atitude impensada, muito menos de um ato violento.

— Que loucura!

— Seu espanto não é menor que o meu — disse ela.

— Meu pai, tendo um acesso de ciúme.

Meu pai. Um acesso de ciúme. Ciúme. A troco de quê, tentava eu entender. Da única vez em que nos falamos ao telefone nesse período, ele me disse que estava muito deprimido e que não queria sair. Eu acabava de descobrir o motivo.

Meu pai tendo um acesso de ciúmes. Por quê, afinal de contas?

Foi então que me lembrei do Rodrigo. E do João Guilherme. Do meu coração apertado, dividido entre os dois. Das brigas. Mas principalmente da última conversa que tive com o Rodrigo. Num primeiro momento, eu não quis enxergar o que minha intuição queria me mostrar.

Assim que tive chance, eu contei parte daquela história para a Ana Lúcia. Ela ouviu tudo e ficou, de repente, pensativa.

— Que você acha disto, Aninha?

— O que eu acho? — disse ela, dando um sorriso meio enigmático. — Se eu fosse você eu saía com seu pai hoje mesmo e perguntava se as coisas estão bem com ele.

Foi então que uma luz clareou minhas ideias. Meu pai com acesso de ciúme. Se as coisas estão bem. Era isso!

Na mesma hora eu liguei para ele e disse que precisava demais conversar.

— Ah, filha, eu não estou legal! Ainda estou deprimido, eu tive um probl...

— Mas o que eu tenho que conversar é muito sério — insisti. — Olha, se quiser eu vou até seu consultório ou...

— Tem que ser hoje?

— De qualquer jeito.

Ele suspirou e concordou, dizendo que me pegava em casa. Apareceu depois da janta e fomos novamente caminhar. Fui cuidadosa para tocar no assunto. Primeiro, comentei sobre o fim do meu namoro, mas garanti que na escola eu estava melhor que de costume, que passaria de ano sem problemas, o que o deixou bem contente. Ele disse que eu tinha feito bem em terminar com o Rodrigo. Até que ele perguntou por que eu estava tão aflita para falar com ele.

— Fiquei sabendo da cena que você armou... que você invadiu um restaurante e brigou com um amigo da mamãe!

Ele lamentou ouvir aquilo de mim. Como se sonhasse que eu não viesse a saber. Parou de andar e sentou-se numa mureta. Estávamos num calçadão que, mesmo já sendo de noite, ainda estava cheio de gente.

— Acabei entendendo aquele seu papo de a mamãe ter um namorado.

Eu poderia perguntar de onde ele tinha tirado tal ideia. Mas não fiz assim. Meu pai me olhou fixamente. Depois abaixou a cabeça e fechou os olhos.

— Aconteceu alguma coisa que eu não saiba?

Ele continuou de olhos fechados, e eu notei quando engoliu em seco.

— A mamãe disse que nunca tinha visto você brigar. Pra aprontar uma coisa dessas, só posso desconfiar que você está com algum problema sério.

Meu pai só abriu seus olhos depois de algum tempo. Estavam úmidos e vermelhos. Ele segurou firme minha mão.

— Eu e a Sandra não estamos mais juntos.

Eu estava preparada para ouvir aquilo, e me lembrei de quantos dias e quantas noites havia esperado por aquela notícia para pisar nele, humilhá-lo e dizer coisas pesadas. Mas senti um aperto ao ver que ele sofria. Sofria tanto quanto no dia em que me contou por que tinha saído de casa.

— Ah, pai — lamentei, sentando-me a seu lado. — É sério mesmo?

— É filha. A gente conversou muito. A Sandra disse que percebia que eu ainda era muito ligado à minha família, que eu tinha filhos maravilhosos... E que embora tivéssemos vivido algo muito bonito quando adolescentes, agora como adultos as coisas eram bem diferentes.

— Faz tempo isso?

— Mais de um mês — respondeu ele, me deixando mais surpresa ainda.

— Mas... Mas pai, vocês pareciam estar bem e...

— A gente não brigou, filha. Na verdade, nós nos entendemos.

— Como assim, se entenderam?

— Ela disse que a Ingrid estava certa. Você sabe, foi sua mãe quem a encorajou para que morássemos juntos. A Sandra disse que a partir daí percebeu que as coisas eram diferentes. Que eu era muito mais um homem de família do que... do que aquele adolescente que ela amava tanto. Depois disse que já tínhamos resolvido tudo que precisávamos, que devíamos cada um seguir sua vida. Ela me incentivou demais a procurar sua mãe e propor a reconciliação.

Eu não resisti. Levantei-me e o abracei com força, não me importando que outras pessoas ficassem admiradas ou zombassem.

— Você então sentiu ciúme da mamãe! — sussurrei.

— Sim — admitiu ele. — Senti ciúme, sim. Porque eu estava disposto a conversar com ela. Me abrir, dizer que ela tinha razão, afinal de contas e... Bem, eu queria muito propor a ela uma volta, e ter a sensação de que ia perdê-la tirou minha lucidez.

— Olha, então procure a mamãe, abra o jogo e...

— Não dá mais, filha. Eu estraguei tudo. Ela está furiosa comigo, e com razão.

— Ela pode estar furiosa, mas vai adorar ouvir isso. Diga claramente que você sentiu ciúme, que você se separou da Sandra e que você quer... voltar.

— Depois do que aconteceu? — indagou ele, desanimado. — Estou envergonhado, filha. Como é que ela pode me aceitar depois de tudo que eu fiz? Eu não tenho mais como olhar para sua mãe. Fiquei tão transtornado que... que já fui atrás de um advogado para acertar nosso divórcio.

— Você quer, então, que eu fale com ela? — insisti, já sabendo daquela intenção.

— Não filha, deixa pra lá! Já fiz muita bobagem! Sua mãe tem toda razão em estar com raiva. Não duvido que hoje ela me odeie. Dei todos os motivos. Vamos deixar as coisas assim. Eu pelo menos tenho o consolo do carinho dos meus filhos e isso não é pouco.

Eu o abracei com mais força ainda e disse que o amava muito. Não quis lhe contar, mas eu pretendia, sem dúvida, fazer alguma coisa.

24 Os adultos são complicados

Refleti muito depois daquela conversa. Se dependesse de mim, meu pai voltava para nossa casa naquela mesma noite, mas ele estava certo: se alguém tinha que dizer o que podia e o que não podia ser feito, era dona Ingrid.

Passei o dia seguinte pensativa. Disfarcei minha apreensão e minha mãe não notou nada. Só resolvi tocar no assunto durante o jantar. Aproveitei a reclamação do Luciano para engatar o assunto.

— Por que você não me chamou, Gabi? Que sacanagem! Você e sua mania de querer sair sozinha com o papai! Não era você que dizia que não se ligava nele?

— Dessa vez eu precisava mesmo, Lu — justifiquei. — Tive um papo sério com ele.

— Seu pai está bem? — perguntou minha mãe, sem nem sequer me olhar.

— Não, não está! — respondi firme, largando meus talheres no prato. — Pra falar a verdade ele está um trapo e acho bom você saber disso.

— Que foi agora?

— Ele ainda está muito envergonhado.

— Envergonhado? — estranhou meu irmão. — Você fala dessa confusão que ele armou?

— Não é só isso! Ele também está mal... porque ele não está mais com a Sandra.

Enquanto meu irmão dava um berro, eu encarei minha mãe. Ela tentou, mas não conseguiu disfarçar o espanto.

— E o que aconteceu para eles romperem? — retomou ela, depois de algum tempo, tentando manter o controle.

— O que aconteceu não vem ao caso. Mas acho que é hora de você engolir seu orgulho, dona Ingrid.

Minha mãe parou o garfo no meio do caminho. Abriu um sorriso de quem havia entendido o recado, suspirou e devolveu o garfo ao prato.

— Chegou a hora. Não foi você mesma que disse que ele estava se iludindo? Você estava certa. Ele fez aquela cena porque queria voltar.

— Ah, é mesmo? Ele disse isso?

— Sim, ele me disse.

— Ele não me procurou pra dizer isso, ele não veio conversar comigo, ele...

— Como não? Você mesma disse que no dia seguinte daquela confusão no restaurante, ele veio e pediu desculpas. Foi ou não foi?

— Ele só veio porque eu exigi. Ele fez uma coisa muito grave!

— Deixe de bobeira, mãe! Ele está morrendo de vergonha.

— Ele tem mais é que se enterrar de vergonha! — berrou ela com muita mágoa.

— Esse jeito vingativo não combina com você.

— A partir de agora vai combinar. As coisas não podem ser simples assim, Gabriela. Ele perdeu minha confiança! Aliás, ele me disse que iria atrás de um advogado para acertar nosso divórcio. Quem faz isso quer voltar?

— Mãe, vai conversar com ele que você vai ver que ele...

— Não vou procurar seu pai, esqueça. E além de tudo, quem sabe o divórcio seja melhor para todos nós.

— Isso, sua tonta — insisti na provocação, inconformada —, seja orgulhosa, jogue duro! Aí aparece outra mulher que vai mexer com a cabeça dele, e talvez não seja tão gente boa como a Sandra, e aí a coisa vai pro vinagre.

— Se aparecer, que ele fique com a outra — retrucou ela com uma severidade incomum. — Porque se é assim que ele pensa, que eu devo ficar eternamente à espera, não quero mais que aquele estúpido pise nesta casa!

Eu quis dizer mais alguma coisa. Até diria muito mais. Mas o que fiz foi olhar para meu irmão, boquiaberto com a conversa, e perguntar:

— E aí, cara? Você vai me ajudar ou não? Você também é filho dele, tá ligado?

— Claro que tô ligado! — respondeu Luciano, voltando a comer. — Mas agora não vai adiantar, porque ela não vai ouvir a gente. Saca só a cara dela de quem adorou ouvir que o papai se ferrou.

Eu jamais imaginei que o Luciano pudesse dizer algo que se encaixasse tão bem naquele momento. Minha mãe desmontou. Assim como eu, ela caiu na risada. Mas depois pediu para que mudássemos de assunto. O Luciano tinha razão. Ela não cederia tão fácil assim. E aquele era o pior momento para tentarmos qualquer coisa.

Passei alguns dias chateada, sem saber o que fazer. Com vontade de tirar uma dúvida. Resolvi procurar o João Guilherme. Ele ficou contente em me ver. Eu disse que queria conversar, mas que não era sobre nós dois.

— Você tem uma cabeça legal — justifiquei —, e meu pai está passando por um momento ruim. Eu fico sem jeito de procurar a Sandra sozinha, não sei o telefone dela, e... Bem, eu queria saber se você me ajudaria a falar com ela. Pois os dois não estão mais juntos e... e eu quero ouvir a versão dela.

João Guilherme soube separar as coisas. Do colégio ligou para ela e perguntou se poderíamos fazer uma visita. Ela disse que nos levaria para almoçar.

— Ah, João — me assustei —, eu não quero encrencas com sua namorada.

— Isso é problema meu — garantiu ele, sem se alterar.

A Sandra nos apanhou no final das aulas. Foi muito carinhosa comigo e perguntou como estava meu irmão. Depois resolveu falar sobre o rompimento:

— Sim, Gabriela, foi bem como seu pai disse, mesmo. Nós nos acertamos sem brigas. Não pense que foi fácil, não. Você sabe que eu amo seu pai.

— Vocês adultos são muito confusos! Se você diz que ama meu pai, então por que decidiu terminar?

Ela relutou um pouco, mas me respondeu.

— Gabriela, nós não daríamos certo. Você tem toda a razão, nós adultos somos mesmo muito complicados. E não pense que eu seja uma pessoa fácil de se conviver.

— E quem é que não tem suas manias? — brincou João Guilherme.

— É mais do que isso, Gui. As coisas entre nós iam piorar. Preferi tomar esta decisão e fazer o Newton compreender que agora somos pessoas muito diferentes do que éramos vinte e poucos anos atrás. — Voltando-se para mim, ela finalizou: — Sua mãe tinha razão, afinal de contas.

— Como assim? — indaguei, lembrando do que meu pai havia dito.

— Bastou vivermos sob o mesmo teto para que nossas diferenças surgissem. Manias, irritações, teimosias. Ele tem um jeito de enxergar o mundo, eu tenho outro. Tenho algumas aspirações que conflitam com os projetos de vida dele. Coisas que ele e sua mãe já elaboraram. Em outras palavras, nós nos amamos muito, mas estamos longe de nos completarmos. Foi a grande lição que tiramos deste reencontro.

Naquele instante me lembrei do inesquecível jantar no restaurante japonês. Das palavras de meu pai que vinham insistentemente batendo em minha cabeça, e que agora faziam mais nexo do que nunca.

— Gabriela, vou guardar para sempre na lembrança o que foram estes meses! Fui muito feliz com seu pai, e adorei conviver com você e seu irmão. Mas nossa decisão foi adulta e responsável, e seu pai se convenceu disso. Vou torcer muito para que ele se entenda com sua mãe.

— Bem que eu gostaria, mas ficou difícil. Ele meio que queimou o filme com minha mãe. Ela está uma fera com ele.

— Tenha paciência, querida! — pediu ela, acariciando meu rosto. — Dê um tempo para que eles se perdoem!

Eu não entendi por que, ao ouvir aquela frase, o João Guilherme deu uma risada abafada, idêntica à que havia dado meses antes na sala da minha casa. Fiquei confusa. Achei que ele insistia em brincar com meus sentimentos.

Sandra me levou para casa. Despediu-se com um abraço longo e apertado, cheio de afeto, e me desejando muita felicidade na vida. Antes que se fosse com ela, João Guilherme quis falar comigo.

— Achei maneiro você me procurar pra falar com ela! Me diz uma coisa: e o lance com o Rodrigo? Não tem mais jeito, mesmo?

— Não, não tem! — afirmei. — Não quero mais saber dele.

— Então, pense a sério no que eu falei. — E como eu fiz uma cara de quem não havia entendido, ele acrescentou: — Aquele lance de dizer o que rola em seu coração.

Dizer o que rolava em meu coração? Se dependesse dele, eu beijaria João Guilherme de um modo que faria a Sandra corar. Mas ele agora estava em outra, e no fundo eu ainda estava magoada.

— Minha prima aí acabou de falar sobre duas pessoas que precisam se perdoar. Que tal pensar a esse respeito? Nós também precisamos fazer isso.

— Ah, cara, não vem me confundir de novo! Você não foi muito legal comigo, e eu... Eu tenho medo de fazer uma bobagem!

— Pelo amor de Deus, faça essa bobagem! — pediu ele, entrando no carro.

Confusa, eu fiquei vendo os dois partirem. Tentando entender o que o João queria de mim.

25

O que deu na cabeça do meu irmão?

Quando o Luciano disse que me ajudaria, mas não naquela noite em que eu tentava convencer minha mãe, eu não o tomei a sério. Aliás, jamais levei meu irmão a sério. Além do meu ciúme, desde a separação eu tinha a impressão de que ele não queria envolver-se com os problemas que nos rodeavam, que "não estava aí" com nada, como costumamos dizer.

Uma semana depois, na primeira sexta-feira de dezembro, o Luciano agiu de modo esquisito quando soube que minha mãe não ia sair. Entendi menos ainda quando ele insistiu para que ela fosse para o quarto ler, algo que minha mãe vinha fazendo muito desde que meu pai havia saído de casa.

Estávamos na sala. Ele via um filme de aventura, enquanto eu devorava um livro. O Luciano, que adorava aquele tipo de filme, foi para a cozinha e voltou com ar de quem estava aprontando alguma coisa. Depois pareceu ansioso, ficava olhando o tempo todo pela janela. Eu o ignorei, achando que fosse somente esquisitice de um menino daquela idade. Uns vinte minutos depois, ouvimos um carro estacionando. Ele se levantou e disse firme:

— Não se atreva a me atrapalhar. Senão faço picadinho de Gabriela!

Sem que eu entendesse nada, ele saiu e abriu o portão do jardim. Fiquei surpresa ao ver meu pai entrando com sua maleta de médico, muito preocupado.

— Mas como ela está? Como é q...

— Do mesmo jeito — respondeu meu irmão, fazendo drama —, ela parece bem, mas não diz coisa com coisa. Pai, estou com medo, ela está meio perturbada.

— Perturbada? — assustou-se meu pai. — Xi, tem jeito de estafa!

— Ela está dizendo que precisa porque precisa falar com você. Nós achamos melhor chamar você pra dar uma olhada nela! Você pode jurar que ela está bem, ela fica algum tempo bem mesmo, e de repente começa a delirar.

— Como assim, delirar? Ela diz coisas desconexas?

— É, é bem isso! Vai lá, pai, bate um papo com ela que você vai entender. Mas chega nela com jeito! Não dê na cara que você veio porque te chamamos.

Fiquei gelada. O Luciano estava aprontando e não era pouca coisa. Mas não tive coragem de me meter.

Meu pai subiu a passos largos, e nós o seguimos logo atrás. Eu queria ver o que meu irmão pretendia. Meu pai entrou no quarto que já havia sido seu.

— Ingrid? — chamou ele cauteloso, mantendo distância.

Minha mãe estava de roupão e tinha um livro na mão. Havia adormecido na poltrona com as pernas encolhidas. Despertou e estranhou meu pai à sua frente.

— Newton? — indagou ela, bocejando. — Mas o que você está fazendo aqui?

— Você... Você está bem?

— Claro que estou bem. Aconteceu alguma coisa?

Naquele exato instante, o Luciano bateu a porta e trancou os dois dentro do quarto. Deu duas voltas na chave e abriu um sorriso que eu não sabia se era diabólico ou de felicidade.

— Mas o que você pensa que está fazendo? — me espantei.

— Já fiz — disse ele vitorioso —, e não tente desfazer!

Dentro do quarto, meu pai batia na porta.

— Luciano, mas que brincadeira é essa? Abra já esta porta!

— Se liga, pai! — respondeu ele. — Eu contei uma mentirinha pra você, inventei esse lance de que ela estava mal, mas consegui o que queria. Agora vocês dois, seus cabeças-duras, precisam se entender. Tratem de conversar como gente.

— Luciano, pare com gracinha e abra já! — berrou minha mãe, esmurrando a porta.

— Só abro daqui uma ou duas horas, quando vocês conversarem como gente! Ah, olha só: nem adianta tentar sair pela janela, que eu também tranquei.

Eu encostei o ouvido na porta e escutei meu pai dar uma risada, dizendo que a janela estava fechada com um cadeado. Minha mãe, furiosa, berrou o mais alto que pôde para que Luciano parasse com aquela palhaçada e que se demorasse mais ele iria apanhar

para valer. Mas meu irmão estava irredutível. Garantia que só abriria depois de eles conversarem como adultos.

— Nós não temos nada a conversar! — insistiu minha mãe. — Você vai abrir esta porta agora e seu pai vai embo...

— Ih, mãe! — zombou o Luciano. — Acho que você não sacou quem é que está no comando aqui. — Depois que eu e meu pai demos uma boa gargalhada, ele completou: — Damos nossa palavra que assim que vocês começarem a conversar, nós desceremos! Daqui uma hora ou duas, se vocês já tiverem terminado, abriremos.

Logo depois ouvimos meu pai dizer para que minha mãe baixasse a guarda, que Luciano era um menino muito comportado e que, para se arriscar a fazer uma coisa daquelas, era porque queria dar um recado. Minha mãe, no entanto, estava completamente indócil.

— Não quero saber sua opinião e não se atreva a tocar a mão em mim!

— Por favor, se acalme! Eu não tenho nada a ver com isso.

— Eu não quero conversar, não tenho o que conversar com você, seu estúpido, ignorante e irresponsável!

Naquele instante meu pai riu. E mudou o tom da conversa.

— Ora, vejam só! — disse ele, aplaudindo. — Você finalmente resolveu colocar as coisas pra fora. A dondoca resolveu deixar a classe de lado e ser autêntica!

— Newton, você não me provoque porq...

— Vamos lá — insistiu ele. — Estúpido, ignorante, irresponsável! Vai Ingrid, perca a classe de vez e me xingue pesado, eu não mereço isso? Que mais que eu sou?

— Pare de me provocar!

— Não quero provocar, não! Aproveite e diga tudo o que eu mereço ouvir. É possível que nunca mais tenhamos esta chance.

— O que você quer dizer com isso? — assustou-se minha mãe.

— Que chegou a hora. Diga tudo o que está entalado em sua garganta. Se você fugir do que você quer e precisa me dizer, você nunca mais vai ver minha cara.

Ela resolveu dizer muitas coisas. Ainda aos berros, fez várias ofensas, algumas que não ouso repetir (tão pesadas quanto as que eu fiz ao Rodrigo e que me valeram a advertência). Eu ouvia espantada aquele berreiro, imaginando quanto tempo mais levaria para um dos vizinhos tocar a campainha. Até que ela não conseguiu mais falar e começou a chorar. E isso apertou meu coração. Quis pedir a chave para o Luciano e terminar com aquela tortura.

— Calma, Ingrid — sussurrou meu pai —, eu não vou fazer mal a você. Eu sei que te magoei, mas eu não vou fazer isso de novo. A chance para conversarmos não poderia ser melhor. A menos que seu ódio seja tão grande assim. Se for... tudo bem, eu vou embora. Mas é pra sempre!

— Não se atreva a sair — exclamou minha mãe, entre o choro e o riso, deixando a mim e ao Luciano mais tranquilos; e certos de que deveríamos descer.

Mas quem conseguiria ver um filme ou ler um livro com aquela cena acontecendo lá em cima? Saindo do meu normal, que era manter total distância do Luciano, eu saltei em cima dele, fazendo cócegas e desmanchando seu cabelo.

— Mas o que deu na sua cabeça, meu?

— Como assim? — defendia-se ele, aceitando meu carinho. — Deu o que faltou na sua, mané! Você não sacou que ele quer voltar, e que ela não quer dar o braço a torcer? Ela está querendo bancar a orgulhosa.

— Não é bem assim. A gente tem que respeitar a mágoa dela.

— Olha aqui, se fosse depender de cada um, esse papo só ia rolar daqui a seis meses ou um ano. Se é que ia acontecer! Mas com minha ajuda — e ele riu de modo bem sacana —, eles estão conversando. Cruze os dedos, vamos torcer pra que eles se entendam.

Ele tinha razão. Ficamos conversando sobre o que haviam sido aqueles dez meses com ele fora de casa, de como estávamos mudados.

Uma hora depois, Luciano subiu pé ante pé. Encostou o ouvido na porta e ouviu os dois ainda conversando. Minha mãe já não berrava, mas ainda o criticava, enquanto meu pai se defendia e também fazia suas críticas. Já era um diálogo. Relaxamos e eu fiquei vendo o filme com ele. Até que depois de mais uma hora, o filme já tinha terminado e o sono bateu. Eu então subi e os ouvi ainda conversando. Agora totalmente tranquilos.

— Lu, abre aquela porta — pedi, voltando para a sala.

— Deixa os dois lá. Pode ir dormir que eu fico aqui.

— Você vai cair no sono, cara!

— Não vou, não! E se eu cair no sono, ele vai ligar do celular, eu acordo e abro.

— Mas você, quando quer, pensa em tudo mesmo, né?

Eu subi para o meu quarto, acreditando que as coisas aconteceriam como Luciano tinha dito e que os dois estariam talvez começando a reconciliação que tanto desejávamos.

26 Conversa em família

Luciano, entretanto, também caiu no sono. E só foi acordar no sábado com a claridade da manhã. Pulou do sofá e se assustou quando viu que eram mais de seis horas. Correu para cima e colocou o ouvido na porta do quarto de minha mãe. Silêncio total. Com muito cuidado, abriu a porta. E viu uma coisa extraordinária.

Ele correu para me acordar. Eu, que sempre acordo mal-humorada, não entendi o que acontecia. Ele parecia alucinado, mais feliz do que nunca. Pulava sem parar, mas sem falar alto ou berrar, sinalizando para que eu fizesse silêncio.

— Calma, que foi? — sussurrei.

— Deu certo! — disse ele baixinho, mas muito agitado. — Deu mais certo do que eu poderia sonhar! Venha, venha cá ver!

— Deu certo o quê, caramba? — me irritei. — Você nem sabe o que eles conv...

— Eles dormiram juntos.

Eu saltei da cama, totalmente acordada.

— C-C-Como assim... dormiram juntos?

— Eles não ficaram só na conversa. Eles se entenderam... muito bem. Totalmente. — E completou com um gesto exagerado: — A fundo! Sacou?

Eu ia dar uma bronca nele, mas minha curiosidade de ver uma cena daquelas, onde ficava? Corri atrás dele e vi algo que me encheu de alegria, tanto quanto deixou meu irmão frenético: os dois dormiam abraçados, cobertos com o lençol. Mas podíamos ver que estavam sem roupa.

Se fôssemos filhos ajuizados, deveríamos ter mantido o silêncio, fechado a porta e esperado. Mas como era possível? Esquecemos qualquer compromisso com o respeito à intimidade de nossos pais. Pulamos em cima dos dois e fizemos a maior algazarra.

Eles acordaram assustados. Eu abracei minha mãe, e o Luciano abraçou meu pai. Demorou alguns instantes para que eles entendessem o que estava acontecendo. E um pouquinho mais para se darem conta de que estavam nus, somente com uma coberta, na frente dos filhos. Todo mundo começou a falar de modo desembestado.

— Aí, paizão, mandou bem! Você dobrou a fera.

— Luciano, sua peste — bravejou minha mãe —, você vai se ver comigo! Voc...

— Ah, mãe — eu o defendi —, pare com isso! O Lu foi bárbaro!

— Gente, calma! — berrava meu pai, que não sabia se ria ou se ficava apavorado. — Saiam já! Cai fora, Luciano, nós estamos sem roupa.

— E qual é o problema? — provocava Luciano. — Isso não é da hora?

— Calma aí, garoto! N-Não é bem assim, não vai pen... Olha, não é o que parece.

— Ô pai, como assim? — exaltou-se o Luciano, dando uma risada exagerada.

— Ah, não, Newton! — provocou minha mãe, agora se desarmando de vez, sem segurar sua risada. — Ele tem treze anos. Isso não dá pra enganar.

— E você também, filha — berrou meu pai para mim, ainda que rindo —, fecha já os olhos! Vai, Gabriela, não quero que você me veja assim.

— Ah, pai, que bobagem! — eu disse, dando-lhe um abraço.— Eu só quero que vocês dois se entendam. E então, está tudo legal com vocês dois? Tudo em paz?

Eles não queriam responder, nem dizer o que haviam conversado. Até tentaram ser mais severos. Mas o Luciano e eu nos divertimos um pouco mais com o malabarismo dos dois para segurarem a coberta. Quando finalmente lhes demos trégua, minha mãe disse:

— Tudo bem, tudo bem! Acabaram? Então não vamos precipitar as coisas. Vocês dois, desçam e já comecem a preparar o café. Eu e seu pai vamos nos vestir. Depois do café, todos nós vamos ter uma conversa bem séria.

— Legal! — comemorou Luciano, agarrando minha mão e me puxando.

Vibrando, nós dois descemos e preparamos o café inteiro. Quando terminávamos, eles apareceram de banho tomado ainda meio sem jeito. Como se procurassem uma forma de justificar o que não precisava ser justificado. Tomamos o café com avidez. Eles conversaram amistosamente, brincaram conosco, fizeram piada do que o Luciano havia aprontado. Até que meu irmão, que continuava surpreendendo a todos nós, fez uma careta bem sacana e uma pergunta maliciosa:

— E então, mãe, conta pra galera: você teve uma boa noite?

Sob nossas risadas, minha mãe escondeu o rosto nas mãos, completamente encabulada. Depois, olhou para meu irmão e disse:

— Que é que eu posso dizer? Foi a melhor noite em pelo menos dez meses! Mas você vai me pagar, Luciano. Não pense que...

— Tudo bem, tudo bem — interrompeu meu irmão, feliz da vida, evitando a bronca. — Você pode me dar umas palmadas, me botar de castigo, contanto que vocês dois se entendam. Parece que vocês se entenderam. Ou você vai negar?

Os dois novamente se olharam com bastante ternura.

— É, tivemos uma conversa muito boa — respondeu meu pai. — Tão boa, que deu no que vocês viram. Mas ainda não definimos o que vai ser de nossas vidas daqui para frente. Sua mãe quer ter uma conversa em família.

— É isso mesmo. Não há mais crianças na casa, então, pela primeira vez, todos nós vamos conversar a sério.

Eu senti um calafrio ao notar o ar severo da dona Ingrid. E vendo meu pai fechar o sorriso radiante, como quem esperasse ouvir algo desagradável.

— Newton, eu fui sincera quando disse que entendia sua decisão de ir atrás da Sandra. Mas o que mais precisa acontecer para você amadurecer? Se queremos que nossos filhos amadureçam e se tornem pessoas responsáveis, nós precisamos ser um modelo de maturidade. Agora você entende por que eu não quis me divorciar naquele primeiro momento. Posso ter mil defeitos, mas tenho bom-senso. Eu sabia que sofreria muito quando optei por esperar você bater a cabeça.

— Você tinha tanta certeza assim de que eu ia bater a cabeça? — duvidou meu pai.

— Eu não tinha certeza nenhuma. Pelo contrário, sofri demais com tanta insegurança. Mas meu coração me dizia com muita força que deveria esperar. Afinal de contas, eu estava certa! Você foi atrás do que achava ser seu destino e descobriu que as coisas não eram como você sonhava. É preciso refletir bastante sobre isso.

— Eu não tenho feito outra coisa — admitiu meu pai, com sinceridade.

— Você teve sorte por ter se envolvido com uma mulher de boa índole. Que, para minha surpresa, teve o desprendimento de abrir seus olhos para o que sua família representa. Nem todas são assim.

Eu gostei de ouvir aquilo. Lembrei-me de quando ela garantiu que não tinha ódio de Sandra. Eu mesma havia me afeiçoado a ela.

— Muitas mulheres teriam feito de sua vida um inferno — prosseguiu minha mãe. — Estariam chantageando, ameaçando a mim e a seus filhos, fazendo escândalo. Em algum momento você pensou nisso?

— Claro! — respondeu meu pai, agora decidido. — Nunca duvidei da índole da Sandra. Além disso, tudo que eu disse ontem à noite é verdade, e da mesma forma que você me pede para amadurecer, eu peço para você acreditar em mim. Eu sei que te magoei, mas foi muito bom ter mais esta chance com a Sandra. Porque aprendi a dar ainda mais valor a você.

Olhei para minha mãe. Ela parecia firme como ele, disposta a falar e a ouvir. Bem diferente da mulher alterada e indócil da noite anterior. Enquanto isso, eu me sentia gratificada por vê-los dialogando sem brigar na nossa frente.

Todos ficamos em silêncio por alguns instantes. Enquanto os dois se olhavam com firmeza. Meu pai, com os olhos de quem pedia compreensão. Minha mãe, com os olhos de quem deixava a mágoa ir embora.

— Há uma outra coisa que quero que nossos filhos ouçam — retomou meu pai. — Você tem razão quando pede para que eu seja mais maduro, mas você também tem que mudar. Tem que demonstrar disposição para conversar mais comigo. Abrir o jogo, ser mais companheira, me ajudar de verdade. E não simplesmente fugir da discussão quando as coisas não estão bem. Pessoas que se amam também brigam, discutem, e com isso amadurecem. No fundo, achei ótimo que você tenha discutido comigo ontem. Nós, como família, precisamos discutir nossos problemas. E não abafá-los.

— Você tem razão, Newton — aceitou minha mãe, após pensar um pouco. — Reconheço que você está certo, eu preciso mesmo me colocar mais e ser menos omissa. Mas você precisa crescer e enxergar o que acontece a seu lado. Nossos filhos estão crescendo e você precisa ser um pai melhor.

Foi bastante curioso. Ao ouvir aquilo, eu e o Luciano nos olhamos sobressaltados e resolvemos falar. Nosso pai merecia reconhecimento.

— Ah, não, mãe, não é bem assim — disse eu, primeiro. — Ele tem sido um pai melhor. Aliás, ele tem sido um pai excelente!

— É isso mesmo — apoiou meu irmão. — Desde que saiu de casa, ele tem sido descolado. Tem conversado sempre com a gente, tem sido companheiro,...

— ... tem se preocupado com sinceridade com a gente... — acrescentei.

— ... tem dado atenção, tem cuidado da gente direitinho...

— ... tem sido muito afetivo...

Os dois começaram a rir. Meu pai orgulhoso de si, admirado diante de tantos elogios. E minha mãe, sem jeito de seguir em suas críticas.

— Veja só, Newton — observou minha mãe, sorrindo —, foi preciso que nosso casamento corresse tamanho risco para que você se tornasse um pai de verdade.

Meu pai achou graça naquela definição precisa e deu o braço a torcer.

— Você tem toda razão. Foi exatamente o que aconteceu.

Ele então se levantou e trocou de lugar com o Luciano, ficando ao lado dela. Deu um abraço gostoso em minha mãe e beijou seu rosto.

— Eu quero voltar a viver com minha família. Na frente dos meus filhos, prometo que, se você concordar em me dar uma nova chance, vou ser uma pessoa diferente. Eu sei que temos nossos defeitos, nossas manias, sei que vamos discutir muito ainda. Mas, sinceramente, acredito que nossa vida possa ser melhor do que era.

Não compreendemos por que minha mãe, ao ouvir aquilo, cerrou os olhos e deu um longo suspiro. Meu pai prosseguiu.

— Se você quiser dar mais um tempo, tudo bem. Podemos ir conversando aos poucos e vamos vendo como fazemos. Mas se, no entanto, você resolver que não devo voltar, que não há mais jeito e que as coisas estão bem assim,... tudo bem, também! Vou respeitar sua decisão, seja ela qual for.

Na mesma hora eu e Luciano protestamos e dissemos que queríamos a sua volta. E ficamos gelados, quase com lágrimas nos olhos, quando minha mãe fez uma cara de quem não concordava, começou a balançar a cabeça negativamente, abanou as mãos e disse:

— Não, as coisas não podem ser assim!

Nós dois olhamos desesperados para meu pai, que parecia desapontado. Mas, com um gesto, ele determinou que respeitássemos a decisão dela.

— Definitivamente, não podem ser assim — insistiu minha mãe.

— Tudo bem — retomou meu pai, chateado —, você quer esperar mais um pouco?

— Não — respondeu ela, secamente.

— Então... você não quer que eu volte? — estranhou meu pai. — É isso?

— Não! — determinou ela com dureza, fazendo-nos tremer.

— Mãe, que é isso? — inconformou-se Luciano, sem entender nada.

— Não é nada disso que eu quero — disse ela, nos deixando confusos.

— Ingrid, eu... eu não estou entendendo. Seja mais clara, você quer dar um tempo ou...

— Já disse, não é nada disso que eu quero — insistiu ela, irritada.

Todos nós nos olhamos, sem compreender o que ela queria dizer. Se estava dizendo que não, ou se queria colocar mais alguma condição. Até que eu resolvi falar mais alto. Resgatando meu gênio-cão, por meses preso em meu quarto, eu berrei irritada:

— Então, caramba, que raio que você quer, sua cabeça-dura?

— Gabriela, justo você? — reclamou ela, parecendo zangada comigo. — Francamente, minha filha! Pensei que pelo menos você fosse me compreender.

— Mãe, esquece aquela minha neura de querer se vingar dele e...

— Mas não é nada disso — insistia ela, nos deixando mais confusos ainda. — Eu não concordo com nada do que você propôs, Newton. O que eu quero é outra coisa. Outra coisa, não dá pra entender?

Meu coração quase saiu pela boca naquele instante. O Luciano já tinha os olhos úmidos. Meu pai apertava os lábios, talvez lamentando que toda a sua conversa, e mesmo a noite de amor, tivessem sido em vão. Então finalmente minha mãe se traiu, talvez por perceber que eu estava pronta para explodir — e garanto que se eu explodisse faria um estrago danado. Deu uma risada, um tapa na mesa, virou-se para meu pai, agarrou seu colarinho e determinou, desfiando palavra por palavra, mostrando quem é que mandava naquela casa:

— Você vai voltar pra esta casa hoje, agora, já e imediatamente!

27

O que foi feito de todos nós

E foi isso o que aconteceu. Minha mãe provou ser capaz de perdoar, e meu pai voltou para casa naquele mesmo dia. Nós deixamos a mesa, corremos para o apartamento onde ele estava e juntamos suas coisas. Trouxemos tudo que pudemos, jogamos de qualquer jeito pela casa e saímos para comemorar. Uma comemoração que duraria várias semanas. E que faria daquele Natal — o primeiro que passaríamos separados — o mais importante de nossas vidas.

Logo que tive chance — na tarde do domingo —, liguei para a Ana Lúcia e contei com uma alegria incontida a maravilha que havia acontecido. Ela voou para minha casa e vibrou muito. Depois, enquanto passeávamos pelo bairro, tomando um sorvete, ela me deu um conselho, algo que fazia meses queria me dizer.

— Escrever sobre a separação de meus pais? — indaguei, espantada.

— Não só da separação! De tudo que rolou com você e sua família. De como você ficou inconformada, de como seu pai sofreu, da transformação de suas vidas.

— Mas por que eu deveria escrever sobre uma coisa que me azarou tanto?

— Por que não, Gabi? Você adora ler, faz redação como ninguém, tem mais é que escrever sobre esse lance. Ainda mais agora, que estamos pra entrar de férias.

— Mas Aninha, de onde você tirou essa ideia?

— É mera intuição, Gabi! Eu que convivo quase todos os dias com você posso dizer mais do que ninguém quanto você mudou. Você vai perceber como amadureceu. E como vai amadurecer mais ainda. Garanto que vai fazer bem a você.

Achei interessante a sugestão, mas não pensei que pudesse levar adiante. Eu tinha sofrido muito com o que nos aconteceu e me pareceu mais coerente afastar da minha cabeça aquelas lembranças.

Entramos em férias, veio o Natal, o Ano-Novo e quando eu e minha família saímos para uma viagem pelo litoral de Santa Catarina — uma viagem maravilhosa, ainda mais porque meus pais concordaram que eu convidasse a Ana Lúcia —, a vontade começou a aparecer de mansinho. Ali mesmo, inspirada por aquela paisagem magnífica, comecei a escrever. E resolvi dividir essa experiência.

Já faz vários meses que meu pai voltou, já tenho quinze anos, e não paro de pensar sobre a transformação de todos nós. Não tenho dúvidas de que meu pai é hoje uma pessoa diferente. Não é só comigo e com o Luciano que ele está mais afetivo. No passado, nunca o tínhamos visto fazer espontaneamente nenhum carinho em minha mãe. Hoje, quase todas as noites quando chega em casa ele lhe dá um beijo sincero. E um abraço caloroso, de quem quer mostrar que sentiu falta.

Não pretendo dizer com isso que nossa vida virou um mar de rosas. Meu pai ainda tem suas teimosias, seus dias de irritação e acaba discutindo de vez em quando, conosco e com minha mãe. Eu sei que ele ainda não encontrou sua paz de espírito. Tenho a intuição de que ele compreendeu que, como a concebe, talvez este seja um sonho inatingível. Mas sem dúvida ele é uma pessoa melhor do que era. Em muitos aspectos.

Um dia desses eu o apanhei pensativo na sala. Fiz algo que agora se tornou bastante comum entre nós dois: dei-lhe um abraço gostoso, um beijo estalado e me sentei a seu lado.

— E então, doutor Newton, que cara é essa? Pensando na sua paz de espírito?

— Na mosca! — ele respondeu acariciando meus cabelos. — Na paz que não sei se vou um dia encontrar. Mas não estou infeliz, não. Nunca tive tanto orgulho dos meus filhos. E eu e sua mãe estamos na melhor fase de nosso casamento.

Como eu não ficaria feliz ao ouvir aquilo? Mal contenho a alegria ao ver meus pais em paz. Agora eles formam realmente um casal, que se entende e prioriza o diálogo acima de tudo. Aprenderam a ser tolerantes com as fraquezas e defeitos de cada um. Não tenho dúvida alguma de que eles se perdoaram.

Além disso, meu pai está aprendendo a dosar sua dedicação entre a família e a medicina. Nunca saímos tanto juntos. Temos passeado, ido ao cinema, teatro, parques e festas. Temos até viajado mais. Temos também visitado nossos avós com mais frequência. Ele até fez questão absoluta de me dar uma tremenda festa de aniversário de quinze anos numa discoteca, com direito a convidar uma lista considerável de amigos. Meu pai descobriu sua família. E parece fascinado.

Eu também compreendi que esta experiência me aproximou ainda mais da minha mãe. Se não fosse ela, acho que teria feito muitas bobagens. Talvez as mesmas que alguns dos meus colegas, filhos de pais separados, fazem para chamar a atenção, mostrar que estão sofrendo quando seus pais brigam. Nunca antes havia dado tanta importância a ela.

Meu irmão, que hoje tenho certeza de que não é o bobão ou o palhaço que eu considerava, também se transformou em outra pessoa. E não para de nos surpreender. Saber-se capaz de coisas extraordinárias — como reconciliar meus pais — deu a ele uma autoconfiança inesperada. Ele agora passou a investir em suas proezas. Diferentemente de antes, quando não ousava transgredir as regras.

Suas notas continuam boas, mas seu comportamento, nem tanto. Virou um contestador, faz questão de mostrar sua opinião e até já tomou uma advertência na escola por conta de tanto arrojo, o que deixou meus pais espantados. Como todos nós, ele também tem seus defeitos, mas este novo Luciano é um irmão bem mais divertido. Ainda que meus pais reclamem um pouco desta nova versão.

Até hoje eu me encho de admiração por ele ter sido capaz de fazer nossos pais se reconciliarem. Minha mãe, afinal de contas, não lhe deu o castigo que tanto prometeu. Pelo contrário, naquele mesmo dia que me pai voltou, ela agradeceu ao Luciano pelo que havia feito. Preciso admitir com toda humildade: ele foi o herói da história.

Claro que eu também mudei, e muito. Assim como meus pais e meu irmão, não sou perfeita. Tenho meus dias de chatice — principalmente naqueles dias de cada mês, em que a natureza me lembra que já sou mulher —, mas me sinto próxima dos meus pais como nunca antes. Agora digo, sem nenhum receio, que os amo e que eles são meus melhores amigos. Como deveria ter sido sempre.

Reconheço que sofri bastante com o que passamos naqueles dez meses. Mas, ao mesmo tempo, admito que eles foram fundamentais para que eu entendesse o que é realmente importante para mim. Aprendi algo que não quero de forma alguma esquecer: que precisamos nos esforçar para enxergar o lado positivo das lições que a vida nos dá. Mesmo que elas pareçam duras e cruéis.

Eu converso muito com meus amigos de pais separados, e tenho um carinho especial por eles. Os pais de alguns deles, assim como os meus, conseguiram se reconciliar. Mas eu sei que na maioria das vezes não é isso que acontece. Esta é também uma lição que temos que aprender: que, muitas vezes, a separação de dois pais infelizes é o melhor que pode acontecer para uma família. Hoje, mais madura, eu consigo enxergar isso: se meu pai e Sandra tivessem ficado juntos, ou mesmo se meus pais decidissem continuar separados, eu e Luciano haveríamos de seguir nossas vidas. E teríamos que aprender a ser felizes mesmo assim.

Por falar em ser feliz, como meu pai, eu também passei por dúvidas, aprontei, fiz minhas bobagens, fiz outras pessoas sofrerem, assim como eu mesma sofri. Só que, diferentemente dele, eu não quis esperar muitos anos para me resolver.

Quando voltei da viagem de férias, no final de janeiro, resolvi correr o risco de fazer uma grande bobagem. Tomei coragem para ir atrás do João Guilherme e me abrir, como ele havia me pedido.

Numa manhã quente, telefonei a ele e perguntei se eu poderia ir até sua casa para uma conversa. Combinamos que eu chegaria depois do almoço.

Ele me recebeu melhor do que eu esperava. Apresentou-me para seus pais, que me receberam com bastante simpatia, e também me mostrou bem rapidamente a casa, que era bem diferente do que eu imaginava. Não era tão cheia de vida como a casa da Ana Lúcia, mas era um lugar aconchegante. Com um bom astral. Depois ele me levou para conversar nos fundos da casa, onde era bem fresco.

— Fiquei sabendo que seus pais se acertaram. Que legal, né Gabi?

— É, foi legal, sim! Preciso mandar um *e-mail* pra Sandra contando.

— E a viagem pra Santa Catarina, como foi?

— Muito legal! — garanti. — Tenho muito que contar.

— Fico muito feliz por você.

— Obrigada. Mas eu vim aqui por outro motivo.

— Vamos a ele — ele me encorajou, tranquilo e com um sorriso muito bonito.

— B-Bem, sei que é um pouco tarde — comecei manhosa, e com gestos tímidos. — Sei que você queria que isso rolasse há muito tempo. Desde que você pediu pela primeira vez, isso não me sai da cabeça, e não estou conseguindo mais segurar. Eu te adoro, João.

Ele não disse nada. Apenas sustentou aquele sorriso bonito.

— Sabe, eu mal completei quinze anos, e só tive um namorado. Tudo que sei sobre amor é o que aprendi nesses meses de separação dos meus pais. Mas eu sei bem que você significa muito pra mim e... e tenho plena certeza de que... de que eu te amo.

Percebi que ele amoleceu ao ouvir aquilo. Na verdade, ele abandonou sua postura tranquila, seu queixo caiu e seus olhos arregalaram. Permaneceu calado, mas era visível que ele não esperava ouvir aquilo. Resolvi ir adiante.

— Tem mais, cara. Eu sei que errei ao demorar pra terminar com o Rodrigo, mas... mas eu não queria te enrolar. É que eu estava insegura e não conseguia dizer isso pra você. João, eu só namorei o Rodrigo até hoje! Eu ainda estou aprendendo sobre essas coisas, sobre lidar com os garotos e com minhas emoções. Eu tive medo e fiquei confusa, será que você entende?

Ele não respondeu, só confirmou que entendia com a cabeça.

— Mas quando você apareceu, eu... Cara, você mexeu demais comigo! Mas demorou para eu entender que... que o que sinto por você é muito mais forte! Era tão forte que eu... que eu tive medo. Tive medo de me machucar.

Não consegui dizer mais nada. Tinha lágrima nos olhos, me sentia mais leve, mas achei que seria só isso. Ele diria que tinha gostado de ouvir aquilo, mas também diria que estava em outra. Minha impressão se reforçou quando ele mudou de expressão, contraiu os músculos e passou a mão na nuca. E depois murmurou algo, como se estivesse se lamentando.

— Olha só, você me obriga a dizer uma coisa que eu nunca disse pra ninguém.

Eu sorri bastante embaraçada. Certa de que ouviria algo que me deixaria mal. Mas eu não podia reclamar. Eu resolvi falar com ele, e me preparei para ouvir algo que me desapontasse.

— Eu também te amo, Gabi!

Mal exprimi surpresa, porque não sabia o que pensar, sequer me dava conta do que estava acontecendo ou se eu tinha ouvido direito.

Abrindo um sorriso extasiado, ele continuou:

— Quando eu quase implorei pra que você me dissesse o que rolava em seu coração, eu não podia de jeito algum sonhar que você fosse me dizer algo tão... tão descolado!

A esta altura, eu já me espantava, mas ainda não entendia nada.

— Talvez hoje seja o dia mais feliz da minha vida — prosseguiu, ainda mais eufórico —, porque agora tenho certeza de que a gente vai se dar bem.

— Que a gente vai se dar bem? — indaguei, estupefata. — Mas e sua namorada, seu cara de pau?

— Você devia prestar mais atenção nas coisas que eu te digo — respondeu ele, sorrindo de um jeito maroto, me erguendo, me abraçando e me fazendo tremer.

— E... E o que foi mesmo que você disse? — perguntei, curiosíssima.

— Que eu deixaria qualquer garota por sua causa.

Eu tive outro baque e arregalei meus olhos.

— Quando você me ligou de manhã — retomou ele —, eu tive a intuição do que ia rolar. Tive uma forte esperança de que a gente pudesse se entender.

— M-Mas... o q-que você quer dizer com isso? — gaguejei ansiosa.

— Eu fui conversar com a Patrícia, a garota que eu estava namorando. E joguei limpo. É, Gabi, é isso mesmo: a gente terminou numa boa.

Tive vontade de gritar de alegria. Mas, em se tratando do João, um cara que vinha se mostrando imprevisível, resolvi ser cautelosa.

— João, seu safado, você tá curtindo com a minha cara, né? Que papo é esse de você... de você dizer que me ama? De que terminou com Patrícia?

— É isso mesmo, gata! — garantiu ele. — Eu nunca disse isso pra ninguém. Mas vou dizer isso milhões de vezes: Gabriela, eu te amo.

Eu ainda estava incrédula. Não me soltava dos braços dele, estava adorando, mas ainda custava a crer no que ele me dizia.

— Seu calhorda — disse, em tom de brincadeira. — Olha só como você apronta conosco, pobres e indefesas garotas! Você tá querendo é tirar uma da minha cara, né? Você não terminou nada, você só está dando um tempo par...

— Sem essa, Gabi! Ao contrário de você, que tentou enrolar a mim e ao Rodrigo, eu jogo muito limpo. E sempre vou jogar limpo, ouviu bem? E além de tudo, eu disse que você ia ser minha um dia, não disse?

Foi então que eu comecei a entender que ele não estava brincando comigo.

— Então... é sério isso, João? — balbuciei, quase chorando.

— Nunca falei tão sério! E quer saber? Eu sonhei muito com este dia.

Eu não me segurei mais e me rendi, chorando de emoção. Aceitando seu abraço e apertando meu rosto contra seu peito. Ele então acariciou meu rosto com delicadeza, querendo ver meus olhos com lágrimas. Foi inesquecível aquela visão de seus olhos brilhando tanto quanto os meus. Não pudemos mais resistir: nos demos o beijo longo e apaixonado com que sonhávamos havia tanto tempo. E ele ainda disse, selando o que eu tanto esperava ouvir:

— Agora sim a gente pode encarar um namoro. Sem medo de nada.

Nosso namoro. Um namoro que demorou tanto para começar, que passou por diversas provações. Mas que começava de uma forma emocionante. Ali mesmo o João me deu mais uma prova da maturidade que eu descubro a cada dia.

— Olha, Gabi, vamos combinar uma coisa. Nós somos jovens ainda, muita coisa vai rolar em nossas vidas. É possível que a gente conheça outras pessoas e é possível que algumas delas mexam com cada um de nós. Mas eu quero que você acredite no que eu disse. E sério, eu nunca disse isso pra ninguém, e vou dizer pela terceira vez em menos de dois minutos: eu te amo pra caramba! Nenhuma garota até hoje foi tão importante pra mim.

— Tá bem, cara, eu também te amo pra caramba! — eu disse rindo, mas encantada. — Mas o que você quer dizer com esse lance de sermos jovens e que muita coisa vai rolar em nossas vidas?

— Que a gente deve encarar esse namoro com toda intensidade. Sem se preocupar se isso vai ser eterno ou não. Sem cobrar nada um do outro. Sacou?

Eu sorri mais encantada ainda. Dando-lhe toda razão.

— E aí, Gabi? Como seu pai e sua mãe fizeram, que tal a gente se perdoar?

— Tudo bem, João! Estamos nós dois perdoados.

Naquela que foi a conversa mais franca e honesta que até então tivemos, nós concordamos que somos dois geniosos, que batalhamos por nossas vontades e opiniões, mas que temos muitas coisas em comum. E, com certeza, tínhamos muito a oferecer um ao outro.

Hoje eu compreendo que qualquer coisa que acontecer entre a gente, mesmo o "lance descolado, gostoso e cheio de emoção" que ele uma vez mencionou, me deixando completamente embaraçada, vai ser uma coisa sadia. Sentimos arrepio só de imaginar como e quando isso vai acontecer. Mas não nos cobramos nada. As coisas haverão de acontecer no tempo certo.

Tem sido gostoso perceber como somos aceitos. Em poucos dias de convivência, conquistou meus pais de modo irremediável. Minha mãe diz que o João Guilherme é autêntico e transparente. Depois do ciúme inicial, meu pai virou fã dele. Diz que meu namorado conseguiu melhorar meu gênio-cão, e que me tornei uma garota mais afável. Também elogia seu jeito contagiante de estar sempre de bem com a vida, e sempre levar alegria, onde quer que vá.

O Luciano também se dá muito bem com ele. João Guilherme o toma a sério, lhe dá atenção, não se incomoda em jogar no computador com ele, e um dia desses até levou meu irmão para ver um jogo da Ponte Preta. Mas o Luciano adora mais ainda quando meu namorado se mete a dar dicas de como lidar com as garotas. No fundo, sei que os dois só fazem isso para me provocar.

Se isso já não bastasse, minha avó Berta acabou adorando o João. Ela vive me paparicando por causa do meu namorado, apesar do brinco na orelha e dos cabelos compridos, como ela de vez em quando diz (já me conformei: ela jamais vai deixar de ser crítica).

Meus avós Nelson e Maria Estela também adoraram o João Guilherme. Dizem que ele é simpático e educado, e não implicam com o brinco, nem que seja primo da Sandra.

Também acabei me dando bem com os pais do João. Uma família muito bacana. Uma gente que precisou ficar unida para vencer a esclerose do pai, que o deixou inválido aos cinquenta e cinco anos. Eu não imaginava ter aquela acolhida. Mesmo debilitado, o pai dele é ainda mais divertido que o João Guilherme. E sua mãe também me trata com muito carinho.

Aconteceu ainda outra coisa legal em minha vida depois que comecei a namorar o João Guilherme: entrar para sua turma. Embora ele tenha amigos em todos os lugares que frequenta, João Guilherme tem uma turma de bairro, um pessoal que se conhece desde criança. Pessoas divertidas e simpáticas, que não estão preocupadas em mostrar o que não são.

A Ana Lúcia se entusiasmou ao conhecer esse pessoal. Assim como eu, se sentiu plenamente aceita. Sair com eles é garantia de muitas gargalhadas. Eles são tão maliciosos e irreverentes quanto qualquer adolescente, mas estão sempre agitando programas saudáveis. São amigos de verdade e nossos pais, que já os conheceram, concordam conosco. Essa amizade tem nos feito muito bem. Tanto que, finalmente, um garoto conseguiu mexer com o coração da Ana Lúcia. E ela, inspirada pelo meu namoro, resolveu encarar sua chance.

Certa vez me disseram que não existem erros imperdoáveis. Quando meu pai saiu de casa, eu achei que nossas vidas seriam um inferno, que mergulharíamos na amargura, que eu jamais o perdoaria. Foram dias de sofrimento, dor, surpresas desagradáveis, mas também de descobertas e reconhecimento.

Hoje eu compreendo que a vida sempre nos reserva surpresas e que precisamos estar atentos. Nada nos acontece ao acaso, nem as coisas boas, nem os momentos difíceis. Tudo que a vida coloca diante de nós tem uma razão, um motivo. É como uma força que nos impõe uma transformação constante. Uma busca infindável pela nossa paz. E, acima de tudo, que nos ensina a importância de tolerar e perdoar.

Bate-papo com

Eduardo Garrafa

A seguir, conheça mais sobre a vida, a obra e as ideias do autor de Quando meu pai saiu de casa.

Fabiana Oi

NOME: **Eduardo José de Campos Garrafa**
NASCIMENTO: 30/4/1959
ONDE NASCEU: São Paulo (SP)
ONDE MORA: São Paulo (SP)
QUE LIVRO MARCOU SUA ADOLESCÊNCIA: *Os meninos da rua Paulo*, de Ferenc Molnár.
MOTIVO PARA ESCREVER UM LIVRO: é uma missão de vida.
MOTIVO PARA LER UM LIVRO: aprender (e se encantar) cada vez mais.
PARA QUEM DARIA SINAL ABERTO: Gabriel García Márquez (que tanto me inspira).
PARA QUEM FECHARIA O SINAL: aos fanáticos de toda e qualquer espécie.

A química das palavras

Quando meu pai saiu de casa marca a **estreia literária** de Eduardo Garrafa. Apesar de ser formado em **Engenharia Química** pela Universidade de São Paulo e de ainda trabalhar nessa área, ele sempre foi um apaixonado por literatura. Escreve desde os 12 anos, mas só aos 42 resolveu levar a sério a vocação — depois que sua filha lhe pediu que escrevesse uma história.

Além dos livros, Eduardo nutre verdadeira **paixão por cinema**, que considera — assim como as viagens e a música — uma **fonte inesgotável de inspiração** para os seus romances e a sua vida. Tem muitos ídolos, mas coloca Charles Chaplin e Gabriel García Márquez em um pedestal à parte.

É casado pela segunda vez e tem uma filha do primeiro casamento, Júlia. Apesar de ter sempre vivido na capital, ao longo da vida manteve uma forte ligação com o interior paulista. Tanto que sonha em fugir da loucura da metrópole em direção a uma **cidade** mais pacata.

Na entrevista a seguir, o autor conta como desenvolveu a história que você acabou de ler e também fala um pouco da **primeira experiência** como escritor.

De onde nasceu a ideia para este livro?

Escrevo desde minha adolescência. Ao decidir escrever para jovens, percebi que desejava fazer uma nova experiência. Recuperei um trabalho antigo: a história de um pai que, ao ficar viúvo, era forçado pela filha a rever a postura egoísta e arrogante que havia assumido até então diante da vida. A partir dessa ideia, deixei a imaginação fluir. O assunto da separação veio naturalmente.

Você estabeleceu algum tipo de planejamento, adotou algum método de trabalho?

Não sei como trabalham outros escritores. De minha parte, é muito raro que eu escolha um tema; normalmente, os temas me escolhem. Aguardo a definição de um conflito central e vou compondo os personagens. A partir daí, penso nas características físicas, nas inter-relações, num esquema do enredo. Depois busco organizar as cenas com mais clareza. Nem sempre trabalho as cenas em "ordem cronológica". Vou trabalhando com núcleos independentes e deixo a amarração para o final.

Você é engenheiro de formação, alguém cujo trabalho envolve decisões de ordem técnica. Isso ajuda ou atrapalha seu trabalho como escritor?

Ser engenheiro tanto atrapalha como ajuda. Há vezes em que a organização e o método mostram-se excelentes ferramentas de trabalho. Em outras, acabam engessando o texto. Nessas horas, confesso, sinto falta de informações mais precisas sobre a natureza humana. Embora me julgue um bom observador, gostaria de ter um pouco mais de noções de psicologia.

Como você concilia as suas atividades de engenheiro com a carreira literária?

Garanto que não é fácil. Tenho um ritmo de vida frenético: um dia de 48 horas não me bastaria. Daria tudo para poder me dedicar mais aos livros mas, por enquanto, só posso fazê-lo nos fins de semana, feriados e em algumas noites de insônia.

O narrador de *Quando meu pai saiu de casa* é uma adolescente às voltas com a separação dos pais, a descoberta do amor e da sexualidade. Como foi escrever assumindo a voz de uma menina?

Sempre "converso" muito com meus personagens. Quando comecei a desenvolver o texto, foi a própria Gabriela quem me "pediu" o papel de narradora. Para compô-la, não fiz propriamente uma pesquisa, somente passei a aguçar minha observação dos adolescentes. Assisti a programas de tevê para adolescentes e também li muitos livros juvenis. Mas devo dizer que minha filha, Júlia, o primo dela, Serginho (o primeiro a ler esse livro e a me fazer boas críticas), e Carmen, minha esposa, que é professora, me ajudaram muito.

Um motivo de inquietação para Gabriela diz respeito ao momento mais adequado para a primeira experiência sexual. Você acha que, atualmente, perder a virgindade ainda é um tabu?

Não é uma pergunta fácil de responder, ainda mais sendo pai de uma menina adolescente [*quando escreveu o livro, Júlia tinha 13 anos*]. Pelo contato que mantenho com os adolescentes de hoje, minha impressão é de que a virgindade não é mais tabu. Por outro lado, tenho de confessar meu espanto quando leio sobre a precocidade da iniciação sexual em nosso país. É nisso que pretendi me concentrar: discutir a iniciação precoce, não a virgindade como valor. Embora saiba que muitos jovens se iniciam com 10, 11, 12 anos, eu acho que qualquer experiência sexual antes dos 14 anos (o que ainda considero precoce) tem grandes chances de ser ruim. Um dia desses, pela televisão, vi um jovem apresentador falar sobre sua "primeira vez" aos 13 anos, contando com o incentivo da própria mãe. Embasbacado, pensei: que péssimo exemplo esse sujeito acaba de dar!

Morrendo de ciúmes

O pai de Gabriela tem uma crise de ciúme quando imagina sua ex-mulher saindo com outro homem. O ciúme é uma reação complexa que envolve vários sentimentos (raiva, tristeza, angústia, medo etc.) e, em geral, três ou mais pessoas. Na literatura, existem histórias clássicas de ciúme. Uma das grandes obras-primas sobre o tema é *Otelo*, de William Shakespeare, publicada em 1603. Otelo é um general mouro de Veneza, na Itália, que sofre preconceito por sua cor. É casado com Desdêmona mas acaba matando-a, dominado pelo ciúme, por imaginar que ela tem um romance com Cássio, militar com patente superior a sua.

De uns tempos para cá, vem mudando consideravelmente a atitude dos homens separados em relação aos filhos. Como você encara essa guinada na mentalidade masculina?

Vejo com bons olhos essa mudança de comportamento; me dá alegria ver homens se dedicando aos filhos, cuidando e sentindo prazer nessa dedicação. Separei-me há vários anos, e sempre estive muito presente na educação de minha filha. A paternidade tem sido a melhor experiência de minha vida, achei importante usar algo dessa experiência para construir o personagem do doutor Newton.

Na sua opinião, o que é o “conflito de gerações” hoje?

Veja só, fui um filho meio que temporão, o caçula de uma família de seis filhos. Sempre me achei muito distante dos meus pais, que eram bem mais velhos que os dos meus amigos. Na adolescência, eu sonhava com um futuro no qual pais e filhos se compreendessem, sem o conflito vivido pela minha geração. Sempre que vejo alguma discussão entre pais e filhos, me vem à mente a voz da Elis Regina cantando “... ainda somos os mesmos e vivemos como nossos pais”. E olha que essa canção já tem mais de 30 anos! Penso que o “conflito de gerações” hoje não é muito diferente do que era há 30 ou 40 anos. Reconheço que amadurecemos, mudamos nossa postura. Talvez tratemos nossos filhos de forma mais humana do que aquela pela qual fomos tratados por nossos pais. Talvez tenhamos aprendido a cometer menos erros, mas esse é um julgamento cujo veredicto compete aos nossos filhos.

Separação, um processo complicado

Os pais de Gabriela separam-se, mas não chegam a se divorciar. A separação existe quando um casal deixa de viver junto. Já o divórcio é o processo legal que desvincula o casal e estabelece as regras de pensão para os filhos e a separação de bens – dependendo de como o contrato de casamento foi estabelecido originalmente. Se uma das partes não quer o divórcio, inicia-se um processo conhecido como litígio. Ou seja, os advogados de cada um vão apresentar suas propostas do que imaginam ser uma separação justa.

Você acha que seu livro acaba passando para o leitor jovem uma imagem menos idealizada do comportamento dos pais?

É necessário mostrar que os pais também se iludem, se precipitam, cometem erros, tomam decisões movidos mais pelo coração que pela razão. Enfim, é preciso deixar claro que eles são humanos e também têm direito de errar. Minha intenção foi humanizar ao máximo meus personagens, revelar que todos eles têm qualidades e defeitos, fazem bobagens, por vezes são teimosos, mas que podem aprender e melhorar com isso.